KB045948

『도내의 타워맨션 85층에서
크리스마스 디너를 먹으며 사치부리고 싶어요.』

"그런 장소는 이 세상에 없어."

등받이에서 미끄러지듯
레나의 손이 어깨 위로 올라갔다.

짓눌린 그것은 부드럽게 가라앉으며
목덜미 모양으로 변화했다.

고요한,
그러나 깊은 한숨소리가 귀에 걸렸다.

C o n t e n t s

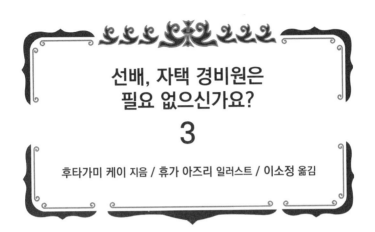

선배, 자택 경비원은
필요 없으신가요?
3

후타가미 케이 지음 / 휴가 아즈리 일러스트 / 이소정 옮김

소미미디어

컬러, 본문 일러스트 | **휴가 아즈리**

제1화 호러하우스, 세 번째 거주자

내가 아직 순진무구했던 어린 시절의 이야기다.

첫머리를 이렇게 쓰면 레나에게,

『선배한테 순진무구라는 단어를 쓸 수 있는 시대가 있을 리가 없잖아, 싸우자는 거냐!』

라는 놀림을 받을 것이 분명하다.

나는 반박할 생각이 없다. 오늘까지 한심한 어른스러움을 보여줬으니 레나는 정론을 펼쳤을 뿐이다. 검찰 입장에서 보면 정상 참작의 여지도 없거니와 집행유예도 없을 것이다.

그러나 피고인 겸 변호인 측은 그것을 부인하는 증거와 순진무구함을 내세웠던 과거가 있는 것이다.

초등학교 2학년 때의 이야기다.

하굣길 풍경의 가장자리에 불쑥 낯선 것이 나타났다.

전신주 그늘에 얌전히 놓인 갈색의 사각 물체. 호기심에 이끌려 다가가자 그 정체는 종이 상자였다. 옆면에는 히라가나 세 글자로 알기 쉽게 귤이라는 말이 인쇄되어 있다.

들여다보니 목욕 타월이 한가득 들어 있었고 거기에 털뭉치 하나가 있었다.

"냐앙."

가냘프지만 생명이 한껏 느껴지는 울음소리. 눈을 뜬 지 얼마 안 된 새끼 고양이였다.

그랬다. 귤 상자에서 버려진 고양이라는 전형적인 상황과 마주한 것이다.

순진무구한 아이가 버려진 고양이에게 품은 감정. 그것은 불쌍함이 아니라 사랑스러움. 동정심이 아닌 귀여움이었다.

지금에 와서는 한심한 어른이 되어버렸지만, 사랑스러운 새끼 고양이에게 마음을 빼앗기는 자애로운 마음을, 당시의 타마치 소년은 갖추고 있었던 것이다.

마침 그날은 1학기 종업식. 내일부터는 여름 방학이다.

타마치 소년이 휴대한 통지표는 90%가 이중 동그라미였고 삼각형은 하나도 없는, 부모를 만족시킬 수 있을 만한 우수한 성적이었다.

생일도 얼마 남지 않았다. 게임기를 사달라고 하는 대신 이 새끼 고양이를 키우게 해달라고 하자. 그렇게 계획한 타마치 소년은 처음부터 자신의 소지품인 것처럼 상자째로 새끼 고양이를 가져간 것이다.

즉, 고양이 한 마리에 아무 생각을 하지 못하게 될 정도는 순진무구한 아이였다.

결론부터 말하면 죽을 만큼 혼났다.

아빠는 고양이를 싫어했다.

엄마는 고양이 알레르기가 있었다.

처음 알게 된 사실이었지만,

"왜 그런 것도 모르는 거야!"

하고, 고양이를 키우는 대신 부모의 분노를 사버려서 각자에게 한 대씩 제재를 받았다. 부모의 더블펀치였다.

제자리에 버리고 오라는 명령을 받고 마지못해 새끼 고양이를 놓아주었다.

그 후 버려진 곳에는 일주일 가까이 가지 않았기 때문에 그 새끼 고양이가 어떻게 되었는지는 알 수 없다.

순진무구했던 어린 시절, 젊었던 날의 쓰라린 추억이다.

그 이후로 나는 동물을 키우고 싶어 하지 않았다. 그렇게 자신을 타일러 왔다. 동물을 키운다는 선택지는 언제나 당연하다는 듯 떠오르지 않았다.

동물을 기른다는 건 그야말로 평생 자신과는 연이 없는 일이었다.

"저기…… 타마치 씨."

집 열쇠로 문을 열려는데 등에서 들려오는 노파의 목소리.

"잠깐 괜찮으실까요?"

그 말을 듣기 전까지는.

◆

"어서 오세요."

"오, 다녀왔어."

12월 첫째 주 금요일.

나는 집에 돌아온 선배를 맞이하며 재킷을 받아들었다.

"술이 좀 부족한데, 한 잔 줄 수 있을까?"

그대로 욕실로 향하는 등을 배웅하는데, 그 말에 고개를 갸우뚱하고 말았다.

금요일에 돌아올 때는 늘 숙취를 예방하기 위해 꿀 레몬수를 준비해두고 있다. 그런데 오늘은 술 쪽을 준비해 달라고 한다.

선배는 가미 씨네 가게에 들르는 날엔 사양하지 않고 술을 마시고 있다. 그야말로 공짜 술은 마시지 않으면 아깝다, 마신 만큼 집안이 윤택해진다. 그런 환상에 사로잡혀 있기라도 한 것처럼.

술이 부족하다는 건 몸 상태가 안 좋아서 일찍 마무리한 것도 아닌 것 같았다.

"이번 주도 수고 많으셨어요."

"땡큐."

실제로 하루의 피로를 흘려보내고 온 선배의 얼굴은 개운해보였다. 묵직한 의자에 주저앉은 채 맛있게 술을 홀짝이고 있다.

"푸하."

"오늘은 일찍 오셨네요."

한숨 돌린 모습을 보며 물었다.

선배의 금요일 귀가는 21시를 넘는 것도 드문 일이 아니다. 그런데 오늘은 아직 19시 30분도 되지 않았다.

"그래, 가미가 가게에서 쫓아냈어."

"쫓아냈다고요?"

"쿠루미 앞에서 말을 흘릴 뻔해서. 오늘은 돌아가라고 하더라."

심장이 철렁 내려앉았다. 자신의 실수를 떠올리며 쓴웃음 짓는 선배의 얼굴을 봐서 그런 것이 아니다. 나를 찾기 위해 움직이기 시작한 언니. 그 정보를 가져온 장본인을 상대로 내 존재에 대해 말을 흘릴 뻔했다는 말을 들었기 때문이었다.

쿠루미, 키노미야 마도카 씨. 그녀가 언니의 가장 절친임과 동시에 언니와 이어질 위험이 있다는 것을 알게 된 후에도 선배는 지금까지의 거리를 유지하고 있었다. 섣불리 피하기보다는 언니의 동향을 살피는 것을 택했다.

그것이 두 달 전의 일. 큰 위험 없이 지내왔다고 생각했는데…….

"저, 그…….."

"괜찮아. 네 존재를 알아차릴 만한 말은 안 했어."

불안감을 감추지 못하는 나에게 선배가 한 손을 팔랑거

렸다.

그럼에도 일말의 불안은 사라지지 않았다.

마토카 씨는 우리 세계를 위협하는 위험한 존재다. 마음 같아서는 언니의 동향을 살피는 것은 전부 다 가미 씨에게 맡기고 싶었다. 선배는 마도카 씨와는 더 이상 만나지 않 았으면 했다.

"그 전에 가미가 신경을 좀 써준 것 같아."

그런 내 생각을 알아차린 것일까? 선배는 안심하라는 듯 이 웃었다.

"내가 있는 시간에는 더 이상 오지 말라고 쿠루미를 잘 타일렀다나 봐."

선배는 스마트폰을 꺼내 강조하듯 흔들어 보였다.

"그만한 인싸 미소녀 여대생과 술을 마시는 건 나름 즐 거운 행사였는데 말이야."

자신의 행동을 돌이켜 본 것인지 그 미소는 자조적이다.

"애초에 위험한 다리를 계속 건너는 것 자체가 나답지 않았어. 뭐, 시기적절했지."

아무렇지도 않게 말했지만, 그 옆모습은 어딘가 쓸쓸해 보였다.

가게 안에서 뿐이라고는 해도 마도카 씨와는 사이가 좋 았다.

두 사람의 만남과 재회는 어떻게 보면 드라마틱했기 때

문에, 내 존재가 없었다면 어쩌면 잘되지 않았을까 하는 생각을 하게 된다.

마도카 씨는 언니의 절친. 그 옆에 뒤지지 않고 당당하게 설 수 있는 사람이다. 남자라면 그런 사람에게 사랑받으면 즐겁고 기쁠 것이 분명하다.

그래서 이런 상황에 안심한 자신을 깨달았다. 기쁘다는 감정이 샘솟고 있다는 것도.

아마도 독점욕 같은 것일지도 모른다.

"냐앙."

내 안에 깃든 감정을 확인하고 있는데 창문 건너편에서 고양이가 울었다.

근처의 길고양이가 부지를 돌아다니며 변덕스러운 울음을 뱉은 것은 아니다. 집의 초인종과도 같다. 이 집을 찾아온 자가 보내는, 이제는 완전히 익숙해진 신호였다.

창문을 열자 검은 털뭉치 한 마리가 집안으로 뛰어들었다.

"야─옹."

"어서 와, 쿠로스케."

평소에는 낮에 찾아오는 쿠로스케였지만 오늘은 방문이 늦었다. 제집인 양 당당하게, 그 발걸음은 거실 제단으로…… 향하지 않았다. 내 지정석에서 걸음을 멈추더니, 그 눈이 '빨리 앉아라'라고 호소해 왔다.

요구에 따라 자리에 앉자 쿠로스케가 무릎 위로 뛰어올

랐다. 머리를 쓰다듬자 기분 좋다는 듯 가르릉 목을 울린다.

『오늘도 쿠로스케 털은 최고네요.』

그것만으로도 이미 즐거워서 이 손은 키보드 위에서 춤을 추기 시작했다.

『푹신푹신함을 공감할 수 없어서 너무 아쉬워요!』

"뭐가 아쉽다는 거야. 그런 얼굴도 아니면서."

"후후."

스마트폰에서 고개를 든 선배는 찡그린 얼굴이었다.

쿠로스케는 길고양이 시절부터 사람들에게 몸을 허락한 적이 없다고 했다. 집고양이가 된 이후로 주인과 어떻게 접촉하고 있는지는 알 수 없다. 적어도 선배는 만지지 못하는 상황이었다.

의식 수준이 높은 걸까, 긍지가 높은 걸까. 쿠로스케의 마음은 쿠로스케만이 알고 있겠지.

"그러고 보니 쿠로스케. 아까 네 주인을 만났다."

"어?"

당황스러움이 담긴 목소리가 새어나왔다. 말을 건 상대인 쿠로스케가 아니다.

"쿠로스케의…… 주인이랑 만났나요?"

"어쩌다 만났다고 할까. 그쪽이 찾아왔는데 타이밍 좋게 현관에서 우연히 마주쳤어."

"선배를?"

"쿠로스케가 우리 집에 드나들고 있다는 걸 알고 있었던 모양이야. 오래전부터 인사차 제대로 방문하고 싶었다고 하는데…… 뭐, 대충 알잖아?"

이곳은 천하의 호러 하우스. 과거에 쌓아온 화려한 경력과 빛나는 전력. 그리고 지금도 맹위를 떨치고 있는 찬연한 내력이 이 집에 깃든 것은 진짜라는 것을 계속 증명하고 있었다.

고양이가 들락날락한다고는 하지만 호러 하우스 주민들과 관계를 맺는 것은 피하고 싶었을 것이다.

『주인의 심정은 충분히 알겠어요. 어쩔 수 없죠.』

주인은 무례하지 않았다며 이 손이 움직이기 시작했다.

『근데 그런 주인이 갑자기 무슨 일이래요? 우리 집 쿠로스케가 늘 신세지고 있어요, 하러 온 느낌은 아닌 것 같은데요.』

굳이 이런 시간에 찾아왔으니 아마도 무슨 까닭이 있을 것이다.

"아아, 곧 이사한다는 것 같아."

"어……?"

"그 인사도 할 겸……."

"쿠로스케, 사라져……?"

명한 얼굴로 시선을 무릎으로 떨어뜨렸다.

몸이 얼어붙는 듯한 착각이 들었다. 핏기가 가신다는 건

바로 지금 상태를 가리키는 말이겠지.

　이런 심정을 느낀 건 상류층의 첩이 되는 형벌을 선고를 받은 이후 처음이었다.

　쿠로스케가 사라진다는 것은 나에게 그만큼 충격적이었고, 가슴속에 간직하고 있던 소중한 것들이 완전히 부서진 것만 같았다.

　"얘기는 끝까지 들어."

　흥분한 아이를 다독이는 듯한 목소리. 이 말이 곧바로 들려오지 않았다면 눈물이 고였을지도 모른다.

　"쿠로스케의 주인은 혼자 사는 노인이야. 먼 아들 부부한테 계속 넘어오라는 권유를 받았다나 봐. 그래도 추억이 있는 집을 떠나긴 힘들었겠지. 외로운 노후의 동반자로 쿠로스케를 맞이했을 때는 이 집에 뼈를 묻으려고 했던 것 같은데."

　"그런데요?"

　"나이가 나이잖아. 해마다 가속화하는 몸의 삐걱거림에 불안감을 느낀 것 같아. 고독사라는 말이 머리를 스친 모양이야."

　"그래서 집을 떠나기로 한 건가요?"

　"무슨 일이 생겼을 때 처리해줄 수 있는 건 자식들이니까. 어차피 폐를 끼친다면 부담이 적은 편이 낫지."

　선배는 컵을 기울이며 목을 한 번 울렸다.

"집도 좋은 가격에 사준다는 사람이 나왔대. 그 이하는 있어도 이상은 없을 판매가라더군."

"그 이상이 없는 이유는 혹시……."

"우리 집이 원인이지."

선배는 자랑스럽게 고개를 끄덕였다.

그곳에 있는 것만으로 인근의 토지 시세를 낮추는 우리들의 호러 하우스. 맹위를 떨치는 사정권 안에 있음에도 좋은 조건으로 집을 내놓을 수 있게 된 것은 평소 쌓아온 은혜. 쿠로스케의 인정을 받고 그 존재를 비호해 주었기 때문일 것이다.

검은 마네키네코는 액막이라는 의미가 있다고 하는데 그야말로 쿠로스케에게 딱 어울리는 역할이었다.

"집을 팔 곳도 생겼으니까 남은 건 지참금을 들고 아들 부부 곁으로 이사하기만 하면…… 되는 건데 문제가 하나 해결되지 않았어."

"저쪽 가족 중에 고양이 알레르기가 있는 사람이라도 있나요?"

"그런가 봐. 그래서 쿠로스케를 데려갈 수가 없게 된 거야."

선배는 쿠로스케 쪽으로 시선을 돌렸다.

"그래서 쿠로스케는 머지않아 길고양이, 홈리스로 퇴보하게 됐다는 거지."

"흐엑?!"

키보드로만 두드려오던 글자를 저도 모르게 목구멍에서 내고 말았다.

무릎으로 눈을 떨어뜨리자 쿠로스케는 크게 하품을 하고 있다.

자신은 이렇게나 놀랐는데, 홈리스로 퇴보하게 된 당사자는 실로 태연했다.

고개를 천천히 들자 선배의 입꼬리가 히죽 올라가 있었다.

뭐야, 농담이구나, 하고 안도의 숨을 내쉬려는데,

"그건 반 농담이야."

『뭐예요, 그럼 반은 진짜예요?』

숨을 돌릴 새도 없이 이 손은 분주하게 움직이고 있었다.

"집 이야기가 결정된 뒤에 쿠로스케를 맡아줄 사람을 찾아다녔다는데…… 주변 사람들에게 물어봤을 때 좋은 대답이 돌아왔을까?"

『그렇다는 건?』

"평소에 이 집을 드나들고 있잖아."

『으음, 이해가 가네요.』

이 근방에서는 엮이기만 해도 저주를 받는다고 소문난 우리들의 호러 하우스. 그 주민인 선배는 이웃 주민들에게 완전히 배척당하고 있었다.

본래는 마스코트적인 존재였지만 쿠로스케를 가족으로

들임으로써 호러 하우스와 인연을 맺는 것은 피하고 싶었으리라.

"맡아줄 사람을 찾지도 못했고 그쪽으로 데려갈 수도 없어. 그렇다고 보건소에 맡기는 건 말도 안 되는 소리지."

소동물 학대범인 아저씨가 칼에 찔린 사건도 있다. 그런 일이 결정되기라도 한 날에는 주인은 무사할 수 없을 것이다.

"이대로 새로운 주인이 정해지지 않으면 쿠로스케는 홈리스 확정."

그렇지만 이대로 쿠로스케를 내버려 둔다. 그것 또한 무책임한 이야기였다.

한 번 쿠로스케를 가족으로 맞아들인 것이다. 새로운 주인을 찾지 못했다는 이유로 어쩔 수 없으니 쿠로스케는 길고양이로 돌려보내고 자기 혼자 가족 품으로 이사를 간다?

웃을 수 없는 잔인한 이야기였다.

뱃속 깊은 곳에서 분노가 부글부글 치밀어 올랐다.

"그래서 쿠로스케 주인이 최후의 수단을 쓴 거야."

곤란하게도 말이지. 그렇게 말하듯 눈썹을 늘어뜨린 선배를 보자 울컥했던 것이 단숨에 내려갔다.

쿠로스케의 주인이 이사 전 인사, 그런 개인사 이야기를 하러 온 것이 아니었다는 사실을 깨달았기 때문이다.

"혹시……."

"제일 먼저 상의해야 할 첫 번째 후보였으니까, 내가."

"쿠로스케, 받아주실 건가요?"

배 속에서 치밀어 오르는 분노 다음은 가슴속에 퍼져나가는 기쁨이었다.

인근 주민들이 무서워하는 호러 하우스.

주인 역시 호러 하우스의 저주를 두려워하는 이웃 주민 중 한 명이다. 그런데도 쿠로스케가 이 집에 드나드는 것을 알면서도 집안에 가두는 짓은 하지 않았다. 쿠로스케의 의사를 존중해 주었다.

호러 하우스를 두려워하면서도, 그 정도의 애정을 갖고 쿠로스케를 대했다. 만약 새로운 주인을 찾지 못한다면 어쩔 수 없다. 그렇게 끝내버릴 만큼 쿠로스케의 주인은 박정한 사람이 아니었다.

그것이 바로 이웃 주민들이 성취하지 못한 위업, 호러 하우스 거주자들과 접촉을 시도한 이유였다.

쿠로스케의 주인이 되어 줄 것 같은 선배를 찾아온 것이다.

"야─옹."

무릎에서 나는 태평한 울음소리. 이쪽을 올려다보는 쿠로스케와 눈이 마주치자 뺨이 부드럽게 풀렸다.

쿠로스케가 계속 집에 있는 생활. 그것은 상상만으로도 꿈만 같았다.

"생각할 시간을 달라고 하고 오늘은 돌려보냈어."

그러나 그것은 진지한 목소리에 의해 곧 깨어나고 말았다.

"레나, 내가 싫어하는 게 뭐라고 생각해?"

어째서, 하고 묻기도 전에 선배가 먼저 물어왔다.

왜 이 타이밍에 그런 것을 물어보는가. 생각에 잠겼고, 문득 떠오른 생각에 이 손은 움직이기 시작했다.

『설마 선배…… 고양이 싫어하셨나요?』

"아니야. 너도 잘 아는 한자 두 글자야."

『아아그렇군요.』*

"구두점 좀 써, 구두점 좀. 그런 비매너는 용납 못 한다."

인터넷 게임에서는 구두점 하나를 찍지 않은 것만으로 금지 용어가 되는 문장이 종종 있다. 그런 것을 당당히 오용했을 때 나오는 지적은 역시나 선배다웠다.

개그를 하지 않으면 죽어버리는 병. 그 발작이 가라앉은 시점, 이 손은 선배의 물음에 대한 답을 제시했다.

『대답은 책임이죠.』

"널 정규직으로 고용해 주긴 했지만, 그 삶을 책임질 생각은 조금도 없어. 그러니 이 생활이 세상 사람들에게 들킨 뒤의 일에 대해서는 아무 생각도 안 해."

『그거면 됐어요. 실패하면 끝. 저에 대해서는 딱 그 정도의 취급으로 문제없어요.』

---

*ああなるほど。구두점 없이 읽으면 '애널'이라고도 읽을 수 있다.

"네가 그걸 이해하고 있다는 건 나도 잘 알고 있어. 그래서 무책임한 상태로 있을 수 있는 거지만…… 쿠로스케는 그럴 수 없잖아."

"아……."

순간적으로 움직이지 않는 손 대신 숨이 새어 나왔다.

"맡는 것뿐이라면 간단하지만 쿠로스케의 인생…… 아니, 이 경우는 묘생인가? 그 책임을 제대로 질 수 있는가를 따져 봤을 때, 지금의 우리로서는 확실하게 단언할 수 없잖아?"

"그, 그건……."

말문이 막히고 말았다.

쿠로스케를 책임지고 받아들인다는 것은 오늘날처럼 그저 귀여워해 주는 것만이 아니다. 밥이나 화장실 등 일상생활을 돌보는 것으로 끝나는 이야기도 아니다. 영구적으로 쿠로스케의 생활을 보장하겠다는 정도의 마음을 가져야 한다.

이 생활이 알려져서는 안 되는 사람들에게 알려졌을 때. 실패하면 그대로 끝. 그 정도의 취급으로 문제없다고 말한 지 얼마 되지 않은 나에게 쿠로스케를 받아들이고 싶다고 말할 권리는 없었다.

그래서 그 이상 아무 말도 할 수 없었다.

문득 무릎 위에서 따뜻한 무게가 사라졌다.

"야─옹."

쿠로스케가 무릎에서 내려온 것이다.

느릿느릿하게 걸어 선배에게 간다. 그 발밑에 도착해서도 멈추지 않은 채 통, 통, 통, 하고. 선배의 발에 몇 번이고 머리를 부딪혀왔다.

"쿠로스케……."

전에 없던 쿠로스케의 행동에 선배는 눈을 깜박였다.

선배의 표정에는 불쾌감도 없을뿐더러 씁쓸하게 입을 다물지도 않았다. 그저 얼떨떨한 얼굴을 하고 있었다.

고양이가 머리를 부딪혀오는 것은 공격적인 행동이 아니라 상대방을 향한 애정 표현, 혹은 요구가 있을 때 하는 행동이라고 한다.

고개를 든 쿠로스케가 선배의 눈을 똑바로 보았다.

"냐앙."

"너…… 본인이 처한 상황은 알고 있는 거야?"

"냐앙."

"이 집에 오고 싶어?"

"냐앙."

"……미리 말해두지만 나도 레나도 언제 이 집에서 사라져도 이상하지 않은 몸이야. 그렇게 됐을 때 네 미래 따윈 생각해 주지 않을 거야."

"냐앙."

"쿠로스케. 네 묘생을 책임질 생각은 없어. 그래도……
괜찮겠어?"

"냐—옹."

쿠로스케가 크게 울었다.

선배보다 앞서서 이 호러 하우스의 인정을 받아 온 존재,
쿠로스케.

특별한 고양이인 만큼 사람과 말이 통하는 것일지도 모
른다. 나아가 인간 사회의 이치를 제대로 이해하고 있을
정도로.

그것을 알고, 자신의 묘생은 책임지지 않아도 된다.

선배를 향해 그런 각오를 나타낸 것처럼 보였다.

"뭐, 그렇게까지 말한다면 어쩔 수 없지."

포기했다는 듯 선배가 웃었다.

쿠로스케가 평범한 고양이가 아닌 특별한 고양이라는
것을 알고 있었기에, 방금의 대화는 내게 보여준 장난이
아니었다.

선배와 쿠로스케의 일대일 대화였던 것이다.

"너는 오늘부터 이 집의 세 번째 거주자다."

마치 교섭 성립으로 악수를 청하듯, 선배는 발밑의 쿠로
스케를 쓰다듬으려고 그 손을 뻗었다.

"샤악!"

퍽! 재빠른 고양이 펀치가 그것을 날려버렸다.

쿠로스케가 지른 외침은 마치,

『착각하지 마! 거기까지 허락한 기억은 없어!』

그렇게 말하는 것 같았다.

인상을 찡그린 채 노려보는 선배를 도도한 얼굴로 맞받아치는 쿠로스케. 그 자리에서 빙글 몸을 돌리더니 그대로 내 품에 뛰어든다.

"앞으로는 계속 함께하겠네, 쿠로스케."

"야─옹."

고롱거리며 어리광을 부리듯 쿠로스케가 목을 울렸다. 가슴팍에 안긴 채 날름 뺨을 핥더니 그대로 부비부비 얼굴을 문질러온다.

한편 선배의 얼굴은 이해할 수 없다는 감정으로 가득 차 있었다.

"쿠로스케에 대해서는 이 방향으로 가기로 하고."

선배는 한숨을 한 번 크게 내쉬고는 이내 정신을 차린 듯 고개를 들었다.

"그건 그렇고, 레나."

"네?"

"크리스마스 말이야."

"……!"

갑자기 크리스마스에 대한 주제가 나와 동요했다.

그때는 수치심에 휩쓸리지 않고 선배에게 지지 않을 기

세로 말했다. 침대에 누워 정신을 차린 뒤엔 이불 속에서 몇 번이나 이불을 발로 찼다.

뺨이 열기로 후끈거릴 정도의 괴로움은 하룻밤이 지나도 가라앉지 않았다.

첫 경기 일정은 미정이 아닌 것이다. 하루가 다르게 다가오는 확정일에 초조한 마음만 강해졌다.

크리스마스라는 단어가 선배의 입에서 흘러나온 것만으로 안쪽에서 열이 솟구치는 것이 느껴졌다.

"어디 놀러 가지 않을래?"

"……놀러, 가요?"

그러나 그 열기는 볼에 도달하기도 전에 가라앉았다. 예상치 못한 제안에 흠칫 놀란 것이다.

"저어…… 어디로요?"

"저 먼 북쪽 대지에서 왔잖아. 가보고 싶은 곳 많지 않아?"

"가보고 싶은, 곳……."

나는 이 집에 온 이후로 그런 생각을 해본 적이 없다.

왜냐하면 나는 이 집에서 나가면 안 된다.

나 같은 아이가 이 집을 드나드는 모습을 주변에 보여서는 안 된다. 드나드는 횟수만큼 위험이 증가한다. 그야말로 단 한 번의 실패로 이 안정적인 삶을 놓치게 될지도 모르는 것이다.

"갑자기 무슨 일이에요?"

위험을 등에 진 선배의 입에서 그런 제안이 나온 이유는 무엇일까.

"네 메이드왕 못지않은 실력에 늘 도움을 받고 있으니까. 이 정도의 일을 당연히 받아야 한다고 생각할 만큼 나도 성격이 나쁘진 않아."

선배의 얼굴에 떠오른 것은 미소도 아니고 짓궂은 이죽거림도 아니다.

"모처럼 좋은 날이잖아. 이럴 때만큼은 마음 놓고 노는 것도 나쁘지 않겠지?"

"아……."

기분 좋을 정도의 온화함이었다.

나는 가슴이 두근거리는 것을 느꼈다.

우리는 크리스마스에 선을 넘는다. 이것은 선배가 아니라 내가 원해서 꺼낸 말이다.

나는 선배에게 돌려줄 수 없는 것들을 받고 있다. 그러니 그 어떤 보답도 해줄 필요가 없다. 굳이 위험을 초래하는 짓이라면 더욱 그렇다.

그런데도 모처럼 좋은 날이지 않냐고 말해주었다.

우리에게 특별해질 날.

특별한 날을 더욱 특별하게 만들기 위함이었다.

그것은 분명 본인을 위한 것이 아니었다.

나를 즐겁게 해주고 싶다. 그걸 위해 밖으로 데려가기를 원한 것이다.

"크게 인심 썼다. 꿈의 나라든 스카이트리든 어디든 네려가주마."

그 마음이 그저 기뻤다.

기쁨을 소리로 전하면 목이 떨릴 것 같았다.

『지금 '어디든'이라고 말했나요?』

그것을 얼버무리기 위해 손을 움직였다.

"말해두겠는데 상식의 범위 내에서다."

『그렇다면 도내의 타워맨션 85층에서 크리스마스 디너를 먹으며 사치 부리고 싶어요.』

"그런 장소는 이 세상에 없어."

『뭘 모르는군요. 해외 도내에는 있답니다.』

"뭐, 아무튼 그런 느낌으로 적당히 생각해둬."

낄낄 웃으며 선배는 컴퓨터 모니터로 몸을 돌렸다.

원래부터 나는 히키코모리 체질이다. 유명한 관광지나 오락 시설에 가고 싶다는 마음은 들지 않았다.

혼잡한 것을 누구보다 싫어하기 때문이었다. 그래서 놀러 가고 싶은 장소를 물어도 곧장 떠오르지는 않았다.

그런데도 이 가슴은 뛰고 있었다.

한 지붕 아래에서 지내면서도, 선배와 놀러 간다는 것이 그것만으로도 특별하게 느껴져서. 어딘가 꿈같은 이야기였다.

크리스마스 관광지나 행사는 모두 우리와는 어울리지 않을 것이다.

리얼충 인싸들의 방식으로 천진난만하게 노는 모습은 도저히 떠오르지 않는다.

하지만 그런 망상을 하는 사이 마음에 품고 있던 번민은 완전히 사라졌다. 대신 크리스마스를 고대하는 자신이 있었다.

마치 평온하고 행복한 봄날의 낮잠 같아서, 무척 따스하고 행복했다.

제2화 비용통 사회 궤조 기관사①

자랑은 아니지만, 우리 집은 부유층에 속하는 가정이다.

집에는 고급승용차가 즐비하고, 일본 전역에 별장을 가지고 있고, 이웃 도시에 놀러 가는 느낌으로 해외여행을 가고…… 하는 정도의 거부는 아니다.

대학 진학을 계기로 시작한 자취생. 도내의 맨션인 2LDK의 집에서 절제와는 무관한 생활을 보내고 있다. 그것을 여유롭게 할 수 있을 정도로는 우리 집은 부유했다.

매일매일의 생계를 유지하느라 일에 쫓기게 되면 그만큼 배울 시간이 사라진다. 그 손실은 학생들에게 얼마나 소중한 것인가.

우리 집 사장님은 그것을 잘 아는 것이다.

자랑스러운 딸. 그 사회적 지위를 유지하고, 나아가 향상하기 위한 인재 육성에 투자를 아끼지 않는 사람이다.

결과를 내기만 하면 생활비뿐만 아니라 유흥비 걱정도 없다.

아빠로서는 별로인 사람일지라도 사장으로서 보자면 후미노가는 좋은 직장이었다.

그런 사장님의 기대에는 지금까지 부응해 왔고 앞으로도 원하는 성과를 계속 내놓을 자신이 있었다.

그래서 후미노 모미지의 대학 생활은 시작부터 쭉 순풍에 돛단 듯 흘러갔다.

"그럼 나츠오, 오늘은 여기까지 할까?"

"네, 모미지 씨."

그래서 이렇게 과외 아르바이트를 하는 내 모습을 입학 당시에는 상상도 하지 못했다.

그것도 상대는 내 두 살 아래인 17살. 만약 모교가 같았다면 선배라고 불렸을지도 모르는 남자아이다.

얼마 전까지만 해도 대학 입시에 매진하던 내가 월급을 받으면서 그런 일을 하게 되다니. 지금도 조금 말로 형용하기 어려운 간지러운 기분이었다.

"오늘도 감사했습니다."

한 시간 반 동안 책상 앞에 앉아 있던 나츠오의 몸이 선택한 건 커다란 기지개가 아니라 교사를 향해 고개를 숙이는 것이었다.

이어서 그 얼굴을 들었을 때 보인 풀어진 얼굴, 아니 가볍게 풀어진 입매. 그것을 보자 이쪽 또한 입가가 부드럽게 올라갔다.

두 달 전, 처음 만났을 때 그가 보였던 경계심. 무서운 것을 앞에 둔 듯 불안정하던 모습은 완전히 자취를 감추고 이렇게 정면으로 마주할 수 있게 되었다. 그에게는 큰 진전이었다.

어쩌면 당당하게 그 눈을 보여주는 것도 그리 먼 미래의 이야기는 아닐지도 모른다.

그랬다. 나는 나츠오의 두 눈을 제대로 본 적이 없다. 눈을 돌리거나 맞춰주지 않는다는 말이 아니다.

코끝까지 쭉 뻗은 베일 같은 앞머리가 방해하고 있기 때문이었다.

"아, 그러고 보니."

교재를 닫는 나츠오를 보고 문득 떠올랐다.

"검정고시 결과 슬슬 나올 때 아니야? 아직 결과는 안 왔어?"

나는 그의 과외 선생님으로서 그가 지난달에 본 시험 결과가 궁금했다.

정식 명칭은 고등학교 졸업 정도 인정 시험*. 의미는 대체로 그 이름이 나타내는 바와 같다. '고등학교를 졸업한 사람과 동등한 학력이 있다'고 국가가 인정해주는 시험이다. 여동생 카에데가 한때 누구보다도 간절하게 원했던 것이기도 했다.

초등학교 때 등교 거부를 한 카에데는 중학교 때도 변함없는 히키코모리였고, 고등학생이 되어서도 이를 관철하려 했다. 고등학교에 다니고 싶지 않아 검정 시험을 보고 고등학교 졸업자와 동등한 대우를 받을 자격을 얻으려 했다.

---

*일본의 검정고시 명칭.

나츠오가 그 시험을 봤다는 것은 즉 그런 의미. 그는 고등학교에 다니지 않았기 때문에 8월에 그 시험을 보게 되었다.

결과가 전해지는 것은 대략 한 달 후. 9월에 치렀으니 이미 결과가 도착해도 이상하지 않았다.

"아직 오지 않았어요."

나츠오는 태연해 보이는 표정을 지었다. 마치 시험 결과에 무관심한 것처럼 보이기도 했다.

"여유로워 보이네. 본인 일인데 궁금하지 않아?"

"결과는 이미 알고 있으니까요."

"어머, 대단한 자신감이네."

"그야 합격 여부는 갖고 온 문제지가 알려줬잖아요."

"후후, 그렇긴 하지."

그래, 결과는 이미 알고 있었다.

검정 시험은 대학 입시와는 다르다. 정해진 인원수를 위부터 세서 그 수에 도달하면 선을 긋는 것이 아니다. 일정선에 도달하면 그것으로 합격. 시험 종료 후 얼마 지나지 않아 공개된 해답이 그의 합격을 알려준 것이다.

"굉장하네, 나츠오는."

"굉장, 한가요?"

"고등학교에 다녔다면 아직 2학년. 그것도 반도 지나지 않았을 시기잖아. 그런데 한 번에 합격하다니."

검정 시험에 응시하는 과목 수는 8개에서 10개. 그 모든 것에 합격하지 않으면 고졸 인정 자격을 얻을 수 없다. 그래도 합격한 과목은 다음번 이후 면제되므로 한 번 실패해도 포기하지 않고 성실하게 임하면 자격을 얻기는 어렵지 않은 시험이다.

그러니 한 과목도 빠뜨리지 않고 단번에 시험에 합격한 것은 대단한 일이다.

"저 같은 건 아무것도 아니에요."

나츠오는 목덜미를 긁적였다.

"시험은 객관식이고 합격선 점수도 낮으니까요. 게다가 공부에만 집중할 수 있는 환경이에요. 성실하게 하다 보면 이 정도 일은 누구나 할 수 있어요."

"그 성실한 일을 해왔다는 게 중요하지. 즐겁지 않은 시간을 쌓아온 거잖아. 당연한 일인 것 같지만 그 당연한 일을 하지 못하고 눈앞의 편안함에 안주하려는 사람들이 정말 많거든."

예를 들면 이런 것에 말이야, 라고 말하듯이 스마트폰을 살랑살랑 흔들었다.

"그런 것에 안주하지 않은 건 모미지 씨가 봐주셨기 때문이죠."

"지나친 겸손은 그저 독이야. 안 좋게 들릴 수도 있거든. 내가 온 건 7월. 그 시점에서 이미 넌 이런 결과를 낼 수 있는 실력이 있었어. 오히려 중요한 시기에 내가 온 탓에 페이스가 무너졌을 정도잖아."

"그렇진 않은데……."

나츠오는 멋쩍은 듯 머리를 살짝 옆으로 돌렸다. 만약 앞머리가 없었다면 이리저리 굴리는 눈을 볼 수 있었을지도 모른다.

"그 후로 벌써 두 달이네. 내가 이렇게 곁에 있는 것엔 익숙해졌어?"

"네, 모미지 씨라면 이제 괜찮아요."

"그럼 슬슬 할 수 있지 않을까?"

"뭐를요?"

"혼자 쇼핑하는 것 정도는 말이야."

"그건……."

나츠오의 얼굴에서 열기가 빠져나갔다.

"힘들, 어요."

"그래, 아직 힘들구나."

"……죄송합니다."

"괜찮아, 사과하지 마. 하기 힘들 것 같으면 됐어."

"하지만 모미지 씨도 와주셨는데 아직도 이 상태라니……."

"나는 과외 선생님으로서 여기 온 거야. 공부만 열심히 해준다면 다른 건 부차적인 것들에 불과해."

상냥하게 설득해 보았지만 한번 가라앉은 기분은 쉽게 돌아오지 않았다. 나츠오는 고개를 숙인 채 어색하게 쭈뼛거렸다.

조금 고민했지만 어설프게 말을 돌리는 것도 부자연스러울 것 같았다.

나츠오에게 공부를 알려주게 된 지 두 달. 나를 대하는 태도가 많이 바뀌긴 했지만,

"아직도 여자를 앞에 두는 게 무서워?"

"······네, 무서워요."

근본적인 문제는 아직 변하지 않은 것 같았다.

나츠오의 과외를 부탁받은 것은 6월 초순.

대학 진학을 계기로 함께 상경한 절친 키노미야 마도카. 초중고 내내 쭉 함께였던 마도카와는 대학에 가면서 떨어지게 되었다.

그렇게 헤어진 후 새로운 곳에서 마도카가 만난 상대가 바로 나츠오의 누나였다.

키리시마 하루히, 22살. 마도카에게 소개받은 같은 대학 학생이었는데, 그녀는 무척 특이한 사람이었다.

우선 자신을 하루히가 아니라 카스가*라고 불러달라고 했다. 별명으로 부르게 해서 친근감을 유발하려는 의도는 아니었다.

---

*春日. 카스가라고도 읽을 수 있다.

"난 귀여움과는 무관하니까. 카스가라고 불리는 편이 낫잖아?"

본명이 자신에게 쓰기엔 너무 귀여웠기에 별명으로 불리고 싶어 하는 것이었다.

하지만 카스가 씨의 외모가 크게 떨어지는 것은 아니었다. 팔다리도 늘씬하고, 모델을 하고 있다는 말을 들으면 역시 그렇구나, 하고 수긍할 수 있을 정도의 미인이다.

귀여움이 없다는 것은 거울에 비치는 모습이 아니다. 자신의 모습, 그 행동을 가리키는 것이다.

그런 카스가 씨와의 첫 만남. 그리고 3시간 후.

"모미지, 너한테 못난 동생의 과외를 부탁하고 싶어."

초면인 나에게 이런 요청을 해왔다.

그 못난 동생이라고 불린 사람이 바로 나츠오였다. 그는 아무래도 히키코모리인 것 같았다.

히키코모리라고 해도 카에데처럼 햇수가 오래된 것은 아니다. 그 첫 번째 날은 아직 금년 1월 이후였다.

어쨌든 나츠오는 타고난 미소년. 초등학교에 올라가기 전부터 많은 여자아이에게 관심을 받아왔다.

꺅꺅 웃고 소리 지르는 선에서 끝났다면 얼마나 좋았을까. 그녀들은 나츠키 군을 둘러싸고 싸우고 경쟁하며 소동을 일으켰다고 한다.

카스가 씨 왈, 남동생은 태어날 때부터 원치 않는 우상

숭배를 받아 왔다.

나츠오가 아무리 여자아이들을 피해도 그 흐름은 멈추기는커녕 해마다 기세가 불어나기만 했다. 그에게 꿈을 품은 여자아이의 폭주는 어느 날 선을 넘어버리고 말았다.

그가 모르는 곳에서 나츠오를 둘러싼 칼부림 사건이 벌어진 것이다. 그리고 그 사건의 가해자와 피해자 가족에게 나츠오가 책임에 대한 규탄을 받았다.

당연히 그런 불합리함이 통하지는 않았다.

애초에 가족 이외의 여자들과는 항상 거리를 두었다. 상대방을 농락한 것도 아니고, 여지를 보인 것도 아니다. 일방적으로 호의를 품은 사람들끼리 멋대로 미워하고 싸웠을 뿐이다.

그에게는 아무런 잘못이 없으니 나는 나쁘지 않다며 당당하게 생각해도 된다. 하지만 그 사건을 계기로 나츠오의 마음은 크게 꺾이고 말았다.

여자가 무섭다고.

그러면서 집에 틀어박히게 되었다.

한 달이 지나도, 두 달이 지나도 그것은 변하지 않았다. 이유가 이유인 만큼 부모님도 학교에 가라고 재촉하지 않아 완전히 교착 상태에 빠지고 말았다.

히키코모리 생활이 3개월째에 접어들자,

"언제까지나 그렇게 방에 틀어박혀 있을 거면 내 집에서 일이나 도와."

카스가 씨는 후쿠오카에 있는 친가로 달려가 나츠오를 도쿄에 있는 자신의 집으로 강제로 데려왔다.

이것 또한 대단한 행동력. 아니, 실행력이다.

부모님은 잘 설득한 것 같지만, 그렇다 해도 나츠오가 용케 따라올 결심을 했구나 싶었다. 그 일에 대해서 그는,

"밖에 나가는 건 무섭긴 하지만…… 그때의 누나를 거스르는 건 더 무서웠거든요."

공포의 저울이 카스가 씨 쪽으로 기울었다는 것이었다.

이후 나츠오는 카스가의 집에서 그녀를 돕고 있다고 했다.

물론 처음에는 마지못해 겨우 했었다. 하지만 하루하루를 허비해온 생활과 비교하면 누나의 일을 돕는 것은 그나마 생산성 있는 행위다. 그런 날들을 보내다 보니 확실히 이대로는 안 된다는 생각이 들 정도로 회복된 것이다.

한 달 정도 지난 후, 자신은 앞으로 어떻게 해야 할까.

그런 고민이 든 나츠오는 누나와 상의했다.

"반대로 물을게. 지금까지 넌 뭘 목표로 하고 있었니?"

"……아무것도 없었어."

나츠오가 난처하게 대답했다. 자신의 장래에 대해 아무것도 생각하지 않았다는 것에 스스로 어이없다는 생각이 들었기 때문이었다.

"아무 생각이 없다면 대학 정도는 들어가."

하지만 카스가 씨의 반응은 예상과 달랐다.

"원래도 거기까진 갈 생각이었잖아?"

"으, 응."

"그렇다면 우선 그걸 목표로 정해."

"저…… 그전에 고등학교는 어떻게 해?"

"뭐야, 그 상태로 다닐 수 있겠어?"

"그건…… 못 해."

"그렇다면 검정고시를 볼 수밖에 없겠네. 뭐, 네 머리라면 어렵진 않겠지."

더 많은 설교를 들을 줄 알았는데, 담담하게 이야기가 진행되었다.

당장 정해진 목표는 학교를 다닐 때와 달라지지 않았다. 하지만 그 길은 한 번 끊겼다고 생각했던 길이었다.

"네 여자 공포증에 대해선…… 마땅한 방법을 생각해볼게. 지금은 날 돕는 일이랑 눈앞의 검정고시에만 집중해."

너무나도 쉽게 길이 열린 것에 대해 어떻게 반응해야 하는지 알 수 없었다고 한다.

그런데도 하루하루를 헛되이 소비한 허무함은 알고 있었다.

정한 목표에 도달해봤자 이대로는 더 앞으로 나아갈 수 없다. 그 문제와 마주해야 한다는 것은 알고 있었다.

하지만 지금은 그 말을 믿기로 했다. 좁은 방에 틀어박혀 있던 자신을 꺼내주었던, 누나의 말을.

지금은 근본적인 이 문제를 잊고 첫 번째 통과 지점을 향해 달리기 시작했다.

"기뻐해라, 남동생! 너를 위해 미인 과외 선생님을 데려왔어."

"히익!"

그렇게 믿자마자 설마 문제 자체를 데려올 줄은 몰랐다. 이때만큼은 누나를 믿었던 자신을 원망했다는 것 같다.

처음에는 과호흡을 일으킬 정도로 겁에 질리고 말았다. 하지만 그 문제는 머지않아 조금씩 해결되었다. 금방 사이가 좋아지진 못했지만 만날 때마다 신뢰를 얻을 수 있었다.

이 모든 건 다 카스가 씨가 그의 문제의 근원을 알고 있었기 때문이었다.

그것이 내가 그의 과외 선생님으로 뽑힌 이유였다.

"그래, 나 말고 다른 여자 앞에 서는 건 아직 무리인 것 같네."

"하지만 모미지 씨만큼은 정말 괜찮아요."

나츠오는 나를 다른 사람들과 확실히 구분하고 싶다는 듯 강한 어조로 말했다.

"모미지 씨가 저에게 관심이 없다는 건 잘 알고 있으니까요."

"마치 내가 차가운 사람 같은 말투네. 너와 제대로 마주

보려고 왔는데, 그런 말을 들으니 속상한걸."

"죄, 죄송해요……. 그럴 생각은 없었는데."

나츠오가 당황하며 손을 들어 흔들었다.

"농담이야. 제대로 알고 있어."

가벼운 농담을 던질 생각이었는데 이런 식으로 당황하자 조금 죄책감이 들기 시작했다.

"지금까지 그렇게나 애를 많이 먹었잖아. 내가 네 얼굴에 관심이 없다는 건 그것만으로도 기쁜 일이지."

나츠오의 과외 선생님으로 선택된 것은 그의 미모에 매료되지 않을 여자라고 판단되었기 때문이었다.

대학에 붙었다고 해도 나츠오가 이대로 변하지 않으면 미래는 없다. 여성들이 모두 나츠오의 외모에 끌리는 것은 아니라는 사실을 알려주기 위해. 그리고 가족 이외의 여성들에게 익숙해지게 해서 문제를 극복하기 위해.

나는 그 첫발을 내딛는 역할을 맡은 것이다.

"뭐, 그 보기 흉한 외모에 끌리라는 건 애초에 불가능한 얘기지만 말이야."

"아, 아하하……."

부끄럽다는 듯 나츠오가 머리를 긁적였다.

그를 두고 경쟁하지 않을 수 없을 정도의 미모. 안타깝게도 나는 그것을 사진 외에 다른 곳에서 본 적이 없다. 본 것은 보기 흉할 정도로 앞머리를 기른 모습뿐이다.

"저기, 다시 한번 물을게. 밖에 나가는 게 무섭니?"

"네…… 얼굴을 보이는 게 무서워요."

어느샌가 얼굴을 보이는 것조차 두려워하게 된 결과였다.

"그러게. 지금의 네가 밖에 나가면 다들 굉장한 눈으로 쳐다보겠지. 앗, 위험한 녀석이 있다! 하면서. 지금까지 받았던 선망 어린 시선 같은 건 조금도 보이지 않을 거야."

"그렇다면 계속 이대로 있을까요."

나츠오는 자조하듯이 앞머리를 만지작거리며 웃었다. 좋은 생각이라고 진심으로 생각하는 모습이었다.

모처럼 멋진 외모를 가지고 태어났는데 아깝다.

정작 당사자는 따돌리고 여자애들이 싸움을 벌여왔다. 그야말로 여성 불신을 넘어 공포증으로 내몰릴 정도로.

하지만 그를 좋아하던 여자아이들이 전부 이기적으로 행동하지는 않았을 것이다. 그를 지켜본 모든 사람이 그에게 연정을 품었을 리는 없다.

언제나 눈에 띄는 것은 일부 목소리가 큰 사람들이기 때문에, 눈에 띄는 사람들이 그 일대의 다수인 것처럼 보이는 법이다.

"이건 좀 자랑처럼 들릴지도 모르는데."

"모미지 씨 자랑인가요?"

"응, 내 자랑. 난 말이지, 학교에서 계속 1등이었어."

갑작스러운 발언에 나츠오가 깜짝 놀랐다. 지난 두 달간

만나오면시 알게 된, 나답지 않은 발언에 당황한 것이다.

"공부 쪽, 인가요?"

우물쭈물 그가 말을 물어왔다.

"응, 시험에서는 언제나 1등. 학년 1등 자리에서 떨어진 적이 없어."

"역시 모미지 씨네요. 굉장해요."

"하지만 그것만 1등이었던 게 아니야."

"또 뭐가 1등이었는데요?"

"학교에 서 있는 위치도."

"스쿨 카스트요?"

"딱히 좋아하는 말은 아니지만, 그보다 더 확실하게 이해할 수 있는 단어가 없더라."

그런 말을 거론한다는 것이 부끄러워진 나머지 그만 쓴웃음을 짓고 말았다.

"반에서는 언제나 우리 그룹이 주도적인 입장이었어. 우리의 의견에 반대하는 사람은 거의 없었고. 그렇게 반의 결정은 다수결이 아니라 우리의 발언권으로 결정됐어. 그리고 난 그걸 최종적으로 결정하는 역할이었지."

"그룹에서도 최고였네요."

"그룹 안에서도 의견이 갈리곤 하거든. 다들 성격은 좋아도 개성 강한 사람들뿐이니까. 깨닫고 보니 어느새 가장 성실했던 내가 위원장 역할을 떠맡게 됐더라고."

"역시 모미지 씨는 위원장이셨군요."

"그런 역할이라 교사에게 받는 신임도 제일이었지. 후미노가 하는 일이라면 틀림없다고 말이야. 내게 여러 일을 맡겼어. 참고로 다음에는 무슨 1등을 자랑할 것 같아?"

"남자들한테 인기가 많았다?"

"남자가 고르는 연인 삼고 싶은 랭킹, 같은 게 있었어. 축제를 핑계로 그런 비상식적인 걸 만드는 사람들이 있었거든. 거기서 내가 1등이라고 적힌 결과가 내가 모르는 사이에 공개됐었어."

"스포츠 방면은 어땠어요?"

"음, 글쎄…… 운동 신경은 좋지만, 운동부는 아니었으니까. 오히려 집에 있는 걸 더 좋아했어."

"천하의 모미지 씨도 그 부분은 1등이 아니었나요?"

"하지만 위에서 세는 게 더 빠르니까 실질적으로는 운동도 1등이지."

"그게 뭐예요."

푸훗, 하고 나츠오가 웃음을 터뜨렸다. 입가에 손을 얹은 모습을 바라보며 의도했다는 듯 빙긋 웃었다.

"그런 식으로 학교에서는 뭐든지 1등이었어."

본론을 꺼내기 위한 서두는 이것으로 충분하다.

"하지만 그렇게 1등이었던 건 고등학생 때까지의 이야기야."

내가 하고 싶은 말은 자랑이 아니었다.

"대학에서 1등이 될 만한 건 하나도 찾을 수 없었어."

"하나도 없었다고요?"

"응, 단 하나도. 공부도, 운동도, 서 있는 위치도, 사람들의 평가도. 뭐 하나 내가 진심으로 해도 1등이 될 수 있는 분야는 없었어."

나는 더 이상 1등이 될 수 없다고 말하고 싶었다.

"왜냐면 우리 대학은 일본 제일이거든. 다양한 재능을 가진 사람들이 노력한 끝에 도착하는 장소. 예를 들어 미스콘에 참가한다고 해도 1등은 될 것 같지 않았어."

"그렇지는······."

"그게 그렇더라. 타고난 것에 관한 이야기만을 말하는 게 아니야. 1등이 되고 싶다는 열의 자체가 처음부터 달라."

"하, 하지만 그게 있기만 하면 모미지 씨는······ 그, 저기, 1등이 될 수 있을 거라 생각해요."

여자를 칭찬하는 데 익숙하지 않아서인지 나츠오는 쑥스러운 듯 고개를 숙였다.

자신이 그 분야에서 1등이 될 수 있을 거라 믿어주고 있다. 아무 사심 없이 그런 말을 들으니 솔직히 기뻤다.

"고마워. 하지만 내가 같은 열량을 가진다는 말은 같은 노력을 한다는 정도의 이야기가 아니야. 같은 재능이 있어야 한다는 말이랑 똑같지. 그럴 마음만 먹는다고 가능하다는 건 말도 안 되는 소리거든."

남성에게 받는 인기로 1등이 되고 싶다. 이 말만 딱 들으면 눈살을 찌푸리는 사람도 많을 것이다. 그래도 1등이 될 수 있는 장소가 있고, 자신이야말로 1등이라며 자청할 각오와 자신감이 있다면 그것만으로도 경의와 칭찬을 보낼 만한 것이다.

"그건 지금까지 내가 1등이었던 모든 분야에서도 말할 수 있어. 타고난 재능으로 1등을 목표로 노력하는 사람들이 우글거리지. 너는 그런 사람들을 만나본 적이 있니?"

말문이 막힌 나츠오는 잠시 침묵 후 말없이 고개를 흔들었다.

"넌 지금까지 소녀들에게 있어 왕자님이었을지도 몰라. 하지만 결국은 우물 안에서 숭배받아온 우상에 지나지 않아."

"우물 안의 우상……."

"네가 앞으로 목표로 하는 큰 바다에서 왕자는 자연스럽게 태어나는 존재가 아닐 거야. 나야말로 진짜 왕자다! 라는 치열한 경쟁을 통해 그 끝에 선택된 1등만이 그 칭호를 달 수 있게 되는 거지."

나츠오는 얼떨떨한 얼굴로 입을 벌리고 있다. 마치 지금까지 몰랐던 세계를 앞에 둔 사람 같았다.

그의 두려움은 자의식 과잉에서 비롯된 것이 아니다. 지금까지 살아온 세계에서 받은 고통, 그 두려움에서 비롯된 방어 본능이다.

"아직 왕자가 될지도 모른다는 두려움이 있다면, 그럴 일은 절대 없을 거라고 단언할 수 있어."

그러니 나는 과외 선생님답게 세상의 넓이를 알려줘야 했다.

"저번에 사진으로 봤는데, 그렇게까지 굉장한 얼굴은 아니었거든."

쿡, 하고 손가락으로 나츠오의 앞머리 저편, 아직 보지 못한 이마를 찔렀다.

나츠오의 고개가 살짝 뒤로 젖혔다. 힘은 별로 넣지 않았으니 통증은 없겠지만, 그가 찔린 이마를 누르고 있다.

그리고 그는, 욕을 먹었음에도 기쁜 듯이 웃고 있었다.

◆

"모미지!"

다가온 점원에게 일행이 있어요, 라고 전할 새도 없이 들려온 나를 부르는 목소리. 소리가 난 곳을 바라보자 가게 안의 막다른 곳, 다다미방에서 마도카가 상반신을 내밀고 있었다.

"이쪽, 이쪽!"

팔을 휘두르며 부르는 목소리는 좁은 가게 안의 소음에
지지 않았다. 꽉 찬 카운터석에 있던 손님들의 절반이 호
기심 어린 시선을 보낸다.

남의 눈길을 끄는 데는 익숙하다. 하지만 이런 식으로
눈길을 끄는 건 역시 원치 않았다. 부끄럽기 그지없다.

시선을 무시한 채 카운터를 바로 지나쳐 다다미방으로
올라갔다.

"오늘 아침만이야~."

손바닥을 펼치듯 마도카가 왼손을 향해왔다. 그 흥겨운
모습은 금방이라도 오예! 라고 외칠 것만 같았다.

"그렇게 큰 소리 안 내도 다 들려."

하이파이브를 기대했던 손을 어이없다는 얼굴로 탁 때
렸다.

"설마 마도카도 와 있을 줄은 몰랐는데."

"깜짝 게스트야."

"그런 걸 보통 본인이 직접 말하나?"

"자잘한 건 됐어. 자리는 데워놨으니까 얼른 앉아. 앉아."

마도카는 옆 방석을 툭툭 치면서 기분 좋게 착석을 권유
했다.

아무리 빈정거려봤자 소용없다는 것을 알고 체념했다.
나는 순순히 앉아서 약속한 사람과 마주했다.

"어서 와, 모미지. 수고했어."

"수고 많으셨어요, 카스가 씨."

오늘의 카스가 씨는 평소와 다름없는 바지 정장 차림이다. 같은 캠퍼스 라이프를 보내는 여대생이라기보단 거의 졸업생. 규율과 시간에 순응하는 사회인이 아니라 여기저기 바쁘게 뛰어다니는 기업가 같았다.

자리에 앉자마자 점원이 주문을 받으러 왔다.

술집이니 술을 주문하는 것이 맞는 선택이겠지만, 19세 미성년자로서는 잘못된 선택이다. 정해진 규칙을 어길 수도 없었기에 가게에는 미안하지만, 우롱차를 시켰다.

한편 마도카는 "아, 생 레몬 사와 주세요~"라고 말하고 있다. 너무 당연하게 주문해서 동갑이라는 걸 순간 잊어버렸다.

"오늘의 주역이 온 걸 기념해 건배~."

나는 바로 도착한 음료로 마도카와 함께 건배했다.

맛있다는 듯 목을 울리는 마도카를 보니 무척 보기 좋다는——.

"마도카…… 그걸로 몇 잔째야."

"이걸로 다섯 잔째."

"벌써 다섯 잔째야?"

생각이 들 리 없었고, 미성년자의 지나친 음주에 눈살이 절로 찌푸려졌다.

가게에 먼저 들어와 있다고 연락이 온 것은 이미 한 시간 전의 일이다.

"페이스가 너무 빠른 거 아니야?"

"괜찮아, 이제 막 시작했으니까."

"시작이라니…… 이미 취한 거 같은데?"

"그 정도로 긴장을 풀었다는 뜻이지."

"너무 풀려서 잠이라도 잘까 걱정되니까 그렇지."

"괜찮아. 만약 그렇게 돼도 문제없어."

"그 자신감은 어디서 오는 건데?"

"왜냐하면 오늘은 모미지가 함께 있잖아."

"너 말이야…… 나보고 취한 널 돌보라고?"

"오늘은 모미지한테 내 몸을 맡길 거야~."

찌릿 하고 노려보았지만, 바위에 계란 치기. 마도카는 묵직하게 나에게 달라붙었다.

이것이 술의 마력인 걸까. 지금껏 본 적 없을 만큼 들떠 보였다.

남자도 있는 술자리에서도 이러는 걸까 생각하면 불안밖에 느껴지지 않았다.

"괜찮아, 모미지."

그런 내 불안감을 느꼈는지 카스가 씨가 깔깔 웃었다.

"마도카는 술자리에서 자신을 보호하는 방법만큼은 확실하게 알고 있으니까."

"전혀 그렇게 보이지는 않네요."

"한계까지 마셔도 되는 장소를 잘 알고 있다는 증거겠지."

"한계까지 마신 결과 누구에게 폐를 끼칠지도 알았으면 좋겠는데요."

아까부터 계속 달라붙어 있는 마도카의 뺨을 꾹 눌러 밀어냈다. "모미지 나빠아"라고 말하면서 저항했지만, 곧 포기한 것 같았다.

카스가 씨는 그런 우리의 대화에 재밌다는 표정을 짓고 있다.

"마도카가 쓰러지면 같이 집까지 데려다줄게."

"아뇨, 그렇게까지 폐를 끼칠 수는……."

"신경 쓰지 마. 처음부터 그럴 생각으로 너희들 집이랑 가장 가까운 역에 있는 가게를 고른 거니까."

맥주에 입을 댄 카스가 씨가 세 번 정도 목을 울렸다.

"두 사람이 다 쓰러지더라도 책임지고 돌려보내주지. 그러니 너도 사양할 필요 없어."

카스가 씨는 황금빛으로 흔들리는 잔을 보여주듯 흔들었다.

사양할 필요 없다. 무엇을. 그것은 문맥으로 알 수 있듯이 너도 규칙을 어겨도 된다는 뜻이었다.

"내년 4월 2일 이후라면 얼마든지 말씀에 응할게요."

"그 말, 잊지 않을게."

대학생이 된 이후 환영회 등 많은 모임에 참여했지만 하나같이 당연하다는 듯이 술을 마시고 권해왔다. 그야말로 무단횡단하는 기분이라도 드는 것인지 다들 하나같이 끈질긴 것이다.

그래서 규칙을 위반하라는 유혹은 하지만 거절하면 쉽게 물러난다. 그렇게 억지로 강요하지 않는 카스가 씨는 순수하게 호감이 갔다.

"정말로 모미지는 성실하다니까."

유혹에 넘어가지 않는 나를 마도카는 그렇게 평했다.

타인을 성실하다고 평가하는 것을 사회는 칭찬으로 설정해두었다. 왜냐하면 진실한 것이기 때문이다. 그렇다면 무엇에 성실하느냐. 바로 사회가 정한 규칙과 도덕성이다. 이 두 가지에 성실하면 문제가 발생하지 않는 시스템이다. 사회가 그렇게 설정해두었기 때문이었다.

어른들이 성실한 아이를 칭찬하는 건 문제를 일으키지 않으니 훌륭하다고 말하는 것과 다를 바가 없을지도 모른다. 비뚤어진 발상일 수도 있지만, 지금까지 진지하게 '성실함'과 마주해온 결과 그런 결론이 나오고 말았다.

어쩌면 언어화되지 않았을 뿐이고 모두가 성실함을 그렇게 인식하고 있는지도 모른다. 그래서 규칙과 도덕성을 지키지 않는 사람들은 빈정거림이나 혐오감을 표현하기 위해 일부러 성실하다는 표현을 사용하는 것이다.

머리가 굳었다.

반응이 시원찮다.

시시한 녀석.

이 정도는 다들 하고 있다고.

그런 본심을 말하면 남들이 보기에 안 좋다는 것을 알고 있기 때문에,

『넌 정말 융통성이 없구나.』

바보처럼 정직한 놈이라며 성실한 인간을 비웃는 것이다.

나는 그것을 알면서도 성실하게 살고 있다. 규칙과 도덕성을 어기지 않는 삶의 방식을 택해왔다.

규칙과 도덕성을 위반한 죄. 그 처벌이 두려워서가 아니다.

이 생활 방식이야말로 나에게는 가장 편하기 때문이다.

가슴을 펼 수 없는 짓은 하고 싶지 않다.

융통성이 없는 사회에 순종하는 것처럼 보이는 이 자세는 그래도 나름의 알맹이가 있는 것이다.

이런 내 삶의 방식이 조롱받는 것에 대해 새삼스럽게 신경 쓰지 않는다.

성실하지만 남의 눈치만 살피는 약한 사람은 아니다.

불쾌한 인연과는 거리를 두고 끊어낼 수만 있다면 거침없이 끊어낸다. 그 정도의 결단력 정도는 갖고 있었다.

"나랑 있을 때 정도는 몰래 해도 괜찮은데……."

그러니 지금 옆에 있는 인연을 끊으려고 하지 않는 것

은, 그녀가 놀릴 생각이 없다는 것을 알기 때문이다.

이런 것은 장난 축에도 끼지 않는다. 절친이기 때문에 내뱉을 수 있는 불만.

나와 함께 술을 마시고 싶다며, 마도카는 그런 식으로 삐진 것이다.

"술을 마실 수 있게 된다는 건 인생의 한 계기잖아. 처음에는 슬금슬금 마시는 게 아니라 가슴을 펴고 당당하게 마시고 싶어."

"그렇게 말하면 마치 내가 슬금슬금 마시는 것 같잖아."

"어머, 아니었어?"

"이게 슬금슬금 마시는 것처럼 보여?"

"하하하하!"

당당하게 가슴을 펴오는 미성년자의 음주 모습에 카스가는 캐스터네츠처럼 짝짝 손뼉을 쳤다.

그것이 또 다른 사람들의 이목을 끌어서 괜찮은 걸까 걱정이 들었다.

어쨌든 우리 이외의 손님들은 모두 남자. 그것도 평균 연령대가 높다. 그렇지 않아도 가게 색깔과 맞지 않아 눈길을 끌고 있는데 이렇게 떠들면 더욱 주목을 받게 된다.

마도카가 미성년자임을 알리는 짓은 문제가 있다.

"너 말이야…… 그렇게 당당하게 마시면 안 되지 않아?"

"그거 알아? 미성년자 음주는 처벌이 없어."

"대학에 들키기라도 하면 난리날걸. 예전에는 말로 적당히 타협할 수 있었겠지만, 지금은 엄격한 징계가 내려지니까."

"그 부분은 걱정 마. 잘 처신하고 있으니까."

"이게 잘 처신하는 모습이야?"

무심코 코웃음을 치고 말았다. 술에 만취한 것까지는 아니더라도 휘둘리는 것처럼은 보였기 때문이다.

짝짝, 하고 카스가 씨가 다시 손뼉을 쳤다. 다만 이번에는 흥분한 감정은 새어 나오지 않았다. 본인에게 이목을 끌도록 하기 위한 이성적인 행동이었다.

"자, 마도카가 쓰러지기 전에 본론을 끝내둘까?"

오늘은 그저 식사 모임…… 에서 술자리처럼 되어버렸지만, 사실 그것 때문에 모인 것은 아니었다.

"남동생의 상태는 어때?"

과외 선생님으로서 하는 보호자 면담 같은 것이었다.

나츠오에게는 일주일에 한 번꼴로 가고 있었고, 카스가 씨는 그 시간 동안 집을 비웠다. 동석한 것은 우리를 처음 인사시켰던 첫날 한 번뿐이다. 얼굴을 마주한 보고는 한 달에 한 번이면 충분하다, 나머지는 모두 너에게 맡기겠다는 말만 남긴 것이다.

그 한 달에 한 번 있는 날이 오늘이었고, 이번이 두 번째 보호자 면담이다. 카스가 씨는 이런 성격이다 보니 성과를 보고하는 것처럼 딱딱한 시간은 아니었다.

지난 한 달간 있었던 나츠오의 변화를 간추려서 보고했다.

"역시 모미지야. 잘 말해줬어."

오늘 있었던 일까지 이야기를 마치자 만족스럽게 잔을 들이킨다. 정말이지 꿀꺽꿀꺽하는 효과음이 딱 어울릴 것 같은 모습이었다.

"그래, 그 말을 딱 내가 아닌 다른 사람의 입에서 말해주길 바랐거든."

카스가 씨가 빈 잔을 거칠게 내려놓았다. 화가 난 게 아니라 기쁨의 감정이 격앙된 것이다.

"네 얼굴이 뭐 얼마나 대단하다고. 자의식 과잉이다. 우쭐하지 마, 이 나르시스트야! 하고 말이지."

카스가 씨는 유쾌한 얼굴로 이래도 되나 싶을 만큼 동생에게 욕을 퍼부었다. 자신이 나츠오에게 한 말이 열 배쯤 부풀어 있었다.

"맞다. 카스가 씨."

보고하는 동안 얌전히 있던 마도카가 손을 들었다.

"앞머리 요괴라면 만난 적 있지만, 꽃미남 시절 동생 얼굴은 아직 보여준 적 없는데요."

"마도카, 나츠오와 만난 적 있어?"

"어……? 아, 응. 딱 한 번."

계속 둥둥 떠 있던 마도카의 모습이 갑자기 평소 아는

모습으로 돌아왔다. 어딘가 어색한 모습으로 내 시선을 피하며 고개를 돌렸다.

그런 이야기는 한 번도 못 들었는데. 나츠오를 여자와 만나게 하는 건 카스가 씨도 신중하게 다루고 있는 부분이라고 생각했다.

어쩌면 내 전에 마도카가 과외를 맡았을지도 모른다. 나츠오와 잘 지내지 못해서 딱 한 번으로 끝난 걸까?

그렇다면 어색해 보이는 마도카의 태도도 수긍이 간다.

"전에 마도카를 집에 한 번 재운 적이 있었거든."

카스가 씨는 키득키득 웃으면서 혀 사시미로 젓가락을 뻗었다.

"나츠오가 있는데도요?"

"못난 동생 문제가 있다고는 하지만, 그때 마도카를 데리고 다녔던 건 나였으니까. 그대로 마도카를 돌려보낼 수는 없어."

왜 돌려보낼 수 없었는지는 금세 알아차렸다. 아마 마도카가 이 뒤에 맞이할 말로를 그때에도 겪었으리라.

"화장실에 있는 마도카와 아침에 딱 마주친 거지."

"으윽……."

친구 앞에서 기억하고 싶지 않은 과거를 파헤쳐진 마도카는 낮게 신음했다.

나는 그런 마도카의 모습에 약간 위화감을 느꼈다.

귀까지 새빨간 것은 술 때문이라고 해도, 그 옆모습은 단순히 부끄러움에 대한 괴로움이 아닌 것 같았다. 교류한 지 오래된 탓에 그 정도는 금세 알 수 있었다.

"참고로 아래에서가 아니라 위에서였다는 것만 말해둘게."

"카스가 씨이⋯⋯."

놀리듯이 킬킬대는 카스가를 향해 마도카는 한심한 소리를 내질렀다.

나는 그런 두 사람의 대화를 듣고 모든 사정을 파악했다.

"마도카⋯⋯."

"아무 말도 하지 마. 흑역사니까⋯⋯."

얼굴을 가린 마도카를 향해 차가운 시선을 보낼 수밖에 없었다.

화장실에서 토하는 모습을 남자에게 보이는 건 분명 여자로서 트라우마일 것이다. 게다가 상대는 나이 어린 남자 아이다.

"봐, 이게 요괴가 아닐 때의 남동생 사진이야."

누군가의 흑역사를 되살린 것에 대해 죄책감까진 아니더라도 너무 놀렸다고 생각한 걸까? 앞의 이야기를 마치 없던 일 취급하며 카스가 씨가 스마트폰을 내밀었다.

스마트폰을 받은 마도카가 화면을 빤히 쳐다보더니,

"아아, 과연과연과연과연."

납득이 간다는 듯이 몇 번이나 고개를 끄덕였다.

"타고난 게 이 정도라니 굉장하네요."

사진에 넣을 잃지 않고 깔끔하게 스마트폰을 돌려주었다. 마치 물고기라도 평하는 것 같은 모습이었다.

"그래, 이런 게 학교에 있으면 여자한테 가만히 놔두라고 하는 게 더 어려운 일이지."

"마도카네 고등학교에 이런 아이가 있었다면 어땠을까?"

"글쎄요⋯⋯ 같은 일이 일어난다고 해도 이상하지는 않을 것 같네요."

"그 정도로 남동생의 얼굴은 여자의 이성을 잃게 만든다는 뜻인가?"

"음⋯⋯ 제 생각에는 전제가 좀 다른 것 같아요."

"전제가 다르다니?"

"여자의 이성을 잃게 하는 게 아니라, 여자를 부추기게 만드는 동생의 나약한 태도가 문제였던 것 같아요."

"그래, 정답이야, 마도카."

짝, 하고 카스가 씨가 손뼉을 쳤다.

"싫은 것을 싫어하는 대로 두고, 무서운 것을 무서운 대로 무서워만 했지. 확실한 거절을 표현하지 않고 모호한 태도로 거리를 뒀어. 어느 시대나 나약한 태도는 파고들 틈을 주지. 상대를 부추길 뿐이야."

카스가 씨가 톡톡 집게손가락으로 테이블을 두드렸다.

"애초에 모든 여자가 그를 보고 반했을 리가 없잖아. 확실히 평균적으로 많긴 했지만, 전체적으로 보면 그런 것들은 그저 일부에 불과해."

"그리고 맹목적으로 열광하는 건 더더욱 일부가 되기 마련이고요."

"적어도 내 눈에는 그렇게 비쳤어. 하지만 그 녀석 눈에는 전부 똑같이 비친 것 같아. 인간관계의 절반을 포기하고 지내 와서 그 남은 절반의 세계를 올바르게 보는 눈이 그 녀석에겐 자라지 않은 거야."

난처한 듯이 카스가 씨가 절레절레 머리를 흔들었다.

"너희와 같은 절벽의 꽃, 손이 닿지 않는 존재가 있다는 걸 알았었다면 이런 일은 없었겠지. 그럴 수 있도록 하늘은 그 녀석한테 온갖 특혜를 다 줬어."

우리를 절벽의 꽃이라고 비유했지만, 그것은 단지 외모만을 지칭한 것이 아니다. 학교에서의 입지, 스쿨 카스트를 포함한 것이었다.

"그러니까 그건 못난 동생, 한심한 놈이야."

그리고 언제나 그렇듯이 카스가는 나츠오를 못난 동생이라고 불렀다.

처음에는 부족한 동생을 둔 것에 대한 불만이라고 생각했다. 하지만 카스가 씨와 가까워지면서 알게 되었다.

후쿠오카에 있는 친가로 달려가 문제를 해결하기 위해 도쿄까지 데리고 나왔다. 나츠오를 생각하는 마음이 없었다면 그런 행동은 할 수 없었을 것이다.

"어쨌든 나보다 훨씬 나은데도 그 모든 걸 허사로 만들고 있으니까."

그래, 보다시피.

그녀는 누구보다도 나츠오를 인정하고 있었다.

제3화 태어나서 처음으로——

 월화수목금토일. 7개의 요일 중 언제가 가장 좋으냐고 묻는다면 바로 답할 수 있는 답을 갖고 있다.

 내일의 휴일을 찾아볼 수 없는 일개미나 다름없는 월요일에서 목요일은 논외다. 그럼 이번 주도 열심히 했다는, 노동의 해방감을 느낄 수 있는 금요일은 어떨까? 훌륭하긴 하지만 처음부터 노동이 없는 토요일, 일요일과 비교하면 아무래도 격이 떨어진다.

 그럼 노동이 없는 토요일, 일요일이 우열을 가리기 어려운 것인가라고 물으면 또 그렇지 않다. 일요일이 즐거운 것은 해가 높이 떠 있을 때뿐. 저녁이 되면 '내일부터 또 일이구나……'라는 현실을 받아들여야 하고, 그것은 이미 우울함 그 자체다. 일요일의 해가 지면 마음에 그림자가 드리워지는 것이다.

 결과적으로 노동도 없고 내일의 걱정도 없는 토요일이야말로 넘버원. 그것은 일본인이라면 대부분 찬성할 것이다. 다만 토요일이 바쁜 직업에 관해서는 생각하지 않기로 한다. 사자에 씨* 증후군이 평일에 방송되는 지역에서는 발생하지 않는 것과 똑같다.

---

*일본의 인기 애니메이션으로 보통 일요일 저녁에 방송한다.

그런 최고의 토요일 아침. 평소 같으면 빈둥대며 자고 있을 시간에 나는 중노동에 힘쓰고 있었다.

쿠로스케의 나홀로 이사다.

집에서 도보로 8분. 글자로 말하면 큰 거리로 보이진 않지만 묵직하거나 부피가 큰 물건을 운반한다면 이야기가 달라진다.

고양이 화장실에 침대. 자동 급식기나 급수기. 식기와 손질 용품, 장난감 등 자잘한 것을 채운 상자. 여기까지는 그나마 낫다.

고양이 사료나 고양이 모래와 같은 소모품은 킬로그램 단위였다. 편도라고는 해도 그것들을 들고 몇 번이고 왕복한다고 생각해봐라. 집에서나 직장에서나 실내에 틀어박힌 채 컴퓨터 앞에 앉아 있기만 하는 나로서는 기나긴 고행이었다. 특히 고양이 타워의 분해, 운반, 재조립이 가장 고역이었다.

고양이를 키우는 것을 가볍게 여기지는 않았지만, 솔직히 얕보고 있었다. 고양이를 집에 데려온다는 것은 갖춰야 할 것이 이렇게나 많은 것인가. 캐리백 하나만 들고 찾아온 레나와는 대단한 차이였다.

모든 것이 끝났을 땐 이미 13시가 넘어 있었다. 나는 더이상 한 발짝도 움직이고 싶지 않아 거실에서 대자로 뻗어 있었다.

레나는 완전히 자신 전용이 된 접이식 책상을 거실로 꺼내두고 그곳에 늦은 점심을 배식해 주었다. 늘어져 있는 집주인의 모습을 보고 마음을 써준 것 같았다.

가만히 있어도 알아서 척척 나온 점심이지만, 가장 먼저 떠오른 것은 감사한 마음이 아니었다.

"뭐야, 이게?"

의문이었다.

"파스타예요."

레나는 당연하다는 듯이 대답했지만, 내가 기대했던 대답은 아니었다.

접시에 담긴 물체가 파스타라는 것은 누가 봐도 알 수 있었다. 잘게 다진 고기가 파스타 꼭대기에 얹어져 있고 눈으로 화장이라도 한 듯 치즈 가루가 뿌려져 있다. 면에 소스가 묻어 있으니 미트 소스가 아닌 볼로네제 종류일 것이다.

요리명까지는 대충만 봐도 알 수 있다. 그렇다면 이 볼로네제에 대한 의문은 무엇인가?

"이런 파스타면이 우리 집에 있었나?"

두께가 얇고 폭이 넓다. 그런 길쭉한 리본 같은 면발을 보고 물음표가 떠오른 것이다.

"집에서 만든 거예요."

"하아…… 기어이 만들어 버렸군."

"네, 만들어 버렸어요."

과연, 그제야 이해가 갔다. 그래서 레나가 저렇게 훌륭한 가슴을 당당히 펼치고 있었던 건가. 다시 말해 으쓱한 얼굴이었다.

레나가 처음으로 이 집에 방문한 것은 5월. 그때는 부엌 칼조차 제대로 잡지 못했을 정도로 요리 경험이 전무했다. 그러던 것이 12월이 된 지금은 파스타를 직접 만드는 수준까지 도달해 버렸다. 신동을 자칭하는 만큼 엄청난 성장 속도였다.

"잘 먹겠습니다."

"잘 먹겠습니다."

둘이 마주 본 채 손을 모았다.

요리를 앞에 놓고 손을 맞댄 것은 언제부터였을까.

식사를 앞두고 감사를 표하는 행위는 나에게 있어서 하지 않으면 비난받는 행위일 뿐이었다. 비난할 상대가 없으면 곧바로 무의미한 행위로 전락. 감사한 마음이 없으니 잘 먹고 말고 할 게 없는 것이다.

그것을 당연한 말로 여기고 말하게 된 것은 레나가 온 뒤부터였다. 가만히 있어도 나오는 매일의 요리가 어쨌든 감사했다. 이것이 당연하다고 생각하지 않으니 입에서 저절로 감사의 말이 나오게 되었다. 그것이 마침내 자연스럽게 습관으로 배기 시작했다.

"······변했네."

"뭐가요?"

"아니, 아무것도 아니야."

넘치는 다진 고기를 면발에 말아 단숨에 한입 가득 집어넣었다. "무진장 맛있네"라는, 어휘력 빵점인 감상에 레나의 의아해하던 얼굴은 금세 웃음을 터뜨렸다. 혼잣말을 둘러대려고 한 말이 아니라 자연스럽게 흘러나온 감상이라는 것을 알아차린 것 같았다.

나를 따라 레나는 첫입을 개시했다. 간 정도는 미리 봤겠지만, 생각한 대로 나온 맛에 만족스러워 보였다.

레나는 이 집에 온 후 한동안 미닫이문 건너편에서 밥을 먹었다. 그러던 것이 최근에는 컴퓨터 책상을 앞에 둔 내 뒤에서, 이 접이식 책상 위에서 먹게 되었다. 그렇게 같은 공간에서 먹는 것이 당연해졌다.

그러나 이렇게 마주 앉아 식사하는 것은 처음 있는 일이었다.

레나는 항상 이런 얼굴을 하고 밥을 먹었던 것일까.

그렇게 레나의 얼굴을 바라보고 있는데 자신을 빤히 바라보는 시선을 눈치챈 것인지, 그녀가 원망과 낯간지러움이 뒤섞인 듯한 항의의 눈길을 보내왔다.

히죽거리면서 놀렸다가 앞으로 같이 먹지 못하게 돼도 곤란하다. 잘못은 이쪽에 있었으니 여기선 잠자코 화제를

돌리기로 했다.

"그런데 언제 이런 걸 다 만들 수 있게 된 거야?"

포크로 면을 들어 올리면서 자세히 관찰했다. 아무리 쳐다봐도 거기에 제조 공정은 적혀 있지 않다.

"어제요. 처음 만들어본 건데, 잘 돼서 다행이에요."

"어제라니…… 하여간 대단해. 이번엔 무슨 영상의 영향이야?"

레나는 레시피 사이트를 이용하는 것보다 요리 동영상 게시자에게 더 집중하는 경향이 있었다.

이러한 종류의 요리 동영상은 요리사 자체를 예능화하여 만들어진다. 처음에는 레시피를 찾으려고 보기 시작한 동영상도 나중에서는 본론은 덤이 되고 요리사 자체가 예능이 되는 것이다.

그 결과 탄생한 가장 훌륭한 예시로는 요리 연구가의 술을 마시는 변명만을 듣고 영상에 만족하는 것이다. 그 외엔 전부 다 사족 취급.

레나는 사족으로 치부하지 않고 동영상의 영향을 받아 요리를 재현한다. 비록 그것이 재료 정도만 나와 있다 할지라도 마늘 61조각을 한 접시에 집어넣는다는 상식을 벗어난 행동을 하기도 했다.

이번에도 동영상의 영향을 받아 실행으로 옮긴 거겠지.

"이번에는 영상이 계기가 아니에요."

그런 줄 알았는데 아니었다.

"어떻게 소비할까 생각한 결과입니다."

"어떻게 소비할까?"

"선배가 저번에 실수로 강력분을 사 왔지 않아요."

"그러고 보니 그런 실수도 했었지."

특가로 사람들이 몰려 있는 곳에서 밀가루라는 글자만 보고 잘못 사 온 것이다. 한순간 평소와 포장지가 다르다고 생각했고, 강력 밀가루라고 제대로 적혀 있기도 했지만, 곧바로 다른 것에 정신이 팔려 버리고 말았다.

"사 온 걸 버릴 수는 없으니까요."

"그렇다고 선반에 한 번 넣어 버리면 후대의 유산이 될 거고."

"그건 선배가 이미 증명했죠."

레나가 과장된 목소리로 말했다.

내가 후대에 남긴 유산. 그것은 한때 술김에 사둔 것까진 좋은데, 사용하지 않고 넣어둔 수많은 요리 기구들이다. 나는 존재조차 잊고 있었는데, 최근 레나의 손으로 해방되었다.

"강력분이라고 하면 빵이 좋을까 싶어서 레시피를 조사해 봤더니……."

"그 결과?"

"강력분, 설탕, 소금, 우유, 드라이 이스트. 거기까지 보고 얌전히 페이지를 닫았어요."

"딱히 비싼 건 아니지만…… 확실히 드라이 이스트는."

"여기서 손을 대는 건 본말전도죠."

레나가 복잡한 얼굴로 쓴웃음을 지었다.

목적은 빵 만들기 도전이 아니라 강력분의 소비였다. 그것을 위해 평소 쓰지도 않는 것을 추가로 구매하는 것은 레나의 말대로 본말전도였다. 집에 있는 재료들만으로 끝내는 것이 낭비 없는 미학이다.

"그런 점에서 파스타 재료는 집에 있는 것들만으로도 충분했어요."

"충분하다고는 해도 용케 시도할 생각이 들었구나. 나라면 장벽이 너무 높아서 시도할 엄두도 못 냈을 텐데."

"처음에는 저도 제가 하기엔 장벽이 높지 않을까 생각했는데요."

"그런데?"

"해 봤더니 너무 쉽게 되더라고요."

당연한 사실을 알리듯 레나가 말했다. 그것은 신동을 자칭할 때 나오는 자랑 섞인 말투가 아니었다.

"물론 금방 만들 수 있었던 건 아니에요. 반죽을 주무르고 펴는 것도 힘들었고요."

"하지만 힘들기만 하고 어렵지는 않았구나."

"각오해야 할 정도는 아니었구나, 하고 맥이 좀 빠졌어요."

높다고 생각했던 장애물을 손쉽게 넘은 것에 대한 성취감이었다.

무언가에 도전할 때 그것을 극복할 수 있는지 아닌지. 그것을 측정하는 것은 내 안에 있는 주관이라는 이름의 잣대이다.

장애물을 극복할 능력이 있으면서도 난 날 수 없다며 뒷걸음질 치고 포기하는 것은 전적으로 그 잣대가 잘못됐기 때문이다. 그리고 잣대를 고장 나게 하는 가장 큰 요인은 자신감에 있다.

자신감이 없기 때문에 실물보다 장벽이 더 높아 보여서 자신은 날 수 없다고 믿는다. 도전하려는 마음을 빼앗긴다.

레나에겐 그런 자신감이 있었기 때문에 파스타를 만드는 데 도전할 수 있었다. 쉽게 넘을 수 있다는 과한 자신감까진 아니더라도, 자신이라면 넘을 수 있을지도 모른다는 도전 정신이 깨어날 정도는 된 것이다.

그 결과 어이없게도 장벽을 넘고 말았다. 이를 통해 다시 새로운 자신감이 생겨났을 것이다. 그 자신감이 다시 다음으로 이어지는 것이다.

사람들은 힘든 일을 극복하고 어려운 일을 지나오며 쌓아 나가는 것을 성장이라고 부른다.

성장하고 있다는 것을 실감했기 때문에 레나는 이렇게 기뻐하는 것이다.

레나의 성장은 본인보다도 내가 더 실감하고 있다.

집을 나간 초기의 레나는 사회에서 쓸 만한 기술은 고사하고 자기 의사를 말할 수조차 없었다. 그야말로 공부만 잘하는 아이. 인파 속에 돌을 던져 그 돌에 맞은 사람이 차라리 그녀보다 훨씬 더 사회에 도움이 됐을 것이다.

그러던 것이 이제는 레나 없는 삶은 생각할 수 없다. 대체 불가능한 인재가 되어 밤낮으로 맹활약하고 있다.

레나는 눈치챘을까? 이렇게 얼굴을 맞대고 식사하는 것은 거의 처음 있는 일이었기 때문에 그녀는 손을 의지할 새도 없이 당연하다는 듯 입을 움직이고 있었다.

예전에는 대인공포 말더듬증이라고 자칭까지 했던 의사소통 장애는 더는 보이지 않았다.

신동이라고 자랑하면서도 자기에게 자신이 없던 아이는 이 정도의 성장을 이뤘다.

한때는 순식간에 마음이 꺾여 고등학교 입학 하루 만에 드롭아웃한 레나. 하지만 나쁜 환경은 아니었을 것이다. 반 친구들이 악의를 드러냈다는 식의 어려움에 부딪힌 것이 아니라, 사람과 접하는 것에서 오는 어려움에서 도망쳤을 뿐이다.

사회는 그것을 나약함이라고 부른다.

딱 하루만 더 힘내보자.

레나에게 부족한 자신감을 보충해줄 누군가가 있었다

면…… 우리의 삶은 섞이지 않고 크게 달라졌을지도 모른다.

"왜 그래요?"

"응? 아아, 아니…….”

쭈뼛거리며 이쪽의 눈치를 살피는 레나. 포크가 멈춰 있는 것을 보고 사실 입에 맞지 않는 것이 아닐까 걱정하는 것일지도 모른다.

"역시 오늘은 피곤하네. 잠깐 넋을 놓았어.”

"후후, 수고하셨어요.”

자신의 걱정이 기우라는 것을 알아차린 레나가 기쁘게 위로해 주었다. 순간적으로 나온 변명이었지만 몸이 피곤하다는 것은 거짓말이 아니었다.

소비한 칼로리를 되찾기 위해 둥글게 말린 파스타를 입에 집어넣었다.

"그나저나 이런 수타면이 식탁 위에 오르는 날이 올 줄이야.”

"얼마 전까지만 해도 칼조차 만져본 적이 없었는데 말이죠.”

"그걸 생각하면 우리 주방장의 발전은 눈이 부실 정도야. 조만간 파스타용 밀가루가 필요하다고 말할 것 같아.”

"세몰리나 가루를 말하는 건가요?”

"이것 봐. 더는 의미도 모를 영문자를 쓰고 있네.”

과장되게 씁쓸하다는 얼굴을 하자 레나가 재밌다는 얼

굴로 입가를 가렸다.

"어차피 이미 인터넷 사이트를 뒤져 파스타 기계를 찾아낸 뒤겠지."

"선배, 에스퍼였어요?"

"새로운 무언가를 시작할 때 전용 도구를 갖고 싶어지는 건 인간의 본능이니까. 어때, 역시 좀 비싼가?"

"다양해요. 실물을 본 적이 없어서 어떤 게 좋을지도 전혀 모르겠고요."

"저렴한 건 금방 고장 날 것 같고, 비싼 건 애초에 논외라는 건가."

"맞아요."

"딱 눈에 띈 괜찮은 물건은 얼마였어?"

"음…… 만 엔이 조금 넘었어요."

레나는 검지를 턱에 얹은 채 천장을 올려다보았다.

만 엔 조금 넘는 가격이라…… 뭐, 그 정도면.

"그럼 살래?"

"어……?"

"갖고 싶잖아? 파스타 기계."

레나가 눈을 동그랗게 뜬 채 입을 떡 벌렸다. 생각지도 못한 제안에 마음이 따라가지 못해 그대로 말문이 막힌 것 같았다.

"……그래도 돼요?"

"네 일이잖아. 작심삼일로 끝나지는 않겠지?"

"그건…… 물론이죠."

"이렇게 잘 만들어져서 의욕도 생겼고 말이야. 본격적으로 시작해보고 싶다면 한번 해봐."

아, 하는 입 모양을 유지한 채 레나는 침묵했다. 잠시 후 따라잡은 마음이 감정을 들이받았고, 그 얼굴이 확 달아올랐다.

하지만 그 꽃은 곧 지고 말았다.

"냐앙……."

조용하고 짧은 울음소리에 우리의 목이 나란히 움직였다.

그것은 인터넷에서 산 3단형의 시트 포함 제단. 위스키 4L짜리 병과 집주인의 공물이 놓여 있었고 맨 위에는 에로 게임 캐릭터 피규어 등이 자리 잡고 있는, 종교인들을 향해 가운뎃손가락을 치켜세우고 있는 듯한 모습이었다.

오늘부로 그런 모독적이던 양상이 확 바뀌었다.

모독적인 물건들은 모두 폐기되었고 돔 형태로 된 애완동물 침대만이 옥좌처럼 최상단에 위풍당당하게 비치되어 있었다.

온몸이 새카만 옥좌의 주인은 커다란 하품을 하고 있다.

입주 첫날, 쿠로스케는 호러 하우스의 화신처럼 군림하고 있었다.

"태평한 녀석이군. 이쪽은 너 때문에 온몸이 너덜너덜

한데."

"야–옹."

쿠로스케는 몸을 동그랗게 만 채 곁눈질을 보내왔다. 그 눈빛은 『수고했어요』라며 윗사람에게 감사를 전하는 것이 아닌, 거만하게 『수고했네』라고 말하는 것처럼 보였다. 주인을 흔히 고양이 집사라고들 하는데, 쿠로스케의 태도는 딱 그것 같았다.

"……정말이지."

고양이에게 무례하다며 분노하는 것만큼 치졸한 짓도 없었다. 쿠로스케의 태도에는 한마디 불평만을 남기고 다시 시선을 레나에게로 돌렸다.

이럴 때의 레나는 쿠로스케 편. 히죽히죽 웃으며 가벼운 농담 하나라도 던져오지 않을까 대비하고 있었는데,

"……응?"

연신 쿠로스케에게 시선을 보내는 그 모습은 마치 마음이 다른 곳으로 떠난 사람 같았다.

기쁨으로 꽃피던 그 얼굴에는 또 다른 감정이 공존하고 있었다. 꽃잎이 닫힌 것이 아니라 꽃잎이 졌다. 꿈을 부여받은 직후, 현실도 봐야 한다는 사실을 새삼스레 깨달은 모습이었다.

"왜 그래, 레나?"

"어, 아…… 그게……."

레나는 당황하며 이쪽으로 돌아섰지만, 시선은 이리저리 움직이느라 정신없었다. 변명할 답을 찾고 있다기보단 상대방을 배려한 말을 찾는 것 같았다.

레나는 살며시 포개진 손을 가슴에 가져갔다.

"저…… 역시 괜찮아요."

"뭐가?"

"파스타 기계. 역시 필요 없어요."

그렇게 좋아하더니 왜 갑자기?

"무슨 일이야?"

"이제 딱 한 번 만들어본 것뿐인데 도구를 바로 사버리는 건 좀 아닌 것 같아요."

"그래도 도구가 있으면 의욕이 단번에 올라가잖아?"

"올라가긴 하지만…… 다음에는 알루미늄 팬 같은 게 더 갖고 싶어요."

"그 정도는 같이 사줄게. 맛있는 파스타를 먹을 수 있다면 싼 거지."

"……사실 빵 만들기에도 흥미가 있어요."

"좋네. 아침으로 수제 빵을 먹는다면 맛이 없을 수가 없지."

"하지만 지금 쓰는 오븐레인지는 작아서 금방 불편해질 것 같아요."

우리 집 오븐레인지는 1인용의 작은 사이즈이다. 편의점 도시락 하나로도 가득 찬다.

"어쩔 수 없지. 그때가 되면 바꿀까."

"아, 그러고 보니 카레 가루가 다 떨어져 가는데…… 이번 기회에 향신료에도 도전해보고 싶어요."

"그 길이 늪이라는 건 나도 알아."

"네, 늪이죠. 끝이 없어요."

레나는 고민스러운 얼굴로 미간을 좁혔다.

"그런 식으로 이것도 저것도 다 갖고 싶어 하다 보면 끝도 없을 테니까 사양해 둘게요."

레나가 아무렇지도 않다는 듯 말했다.

한 지붕 밑에서 살게 된 지도 벌써 7개월째다. 그것이 본심임과 동시에 그 이면에 속마음을 숨기고 있다는 것쯤은 읽을 수 있었다.

이것은 원하는 것을 앞에 두고도 체념하는 법을 배운 아이의 모습. 자신에게는 필요 없다고 말하며 상대방을 안심시키는, 잘 포장된 미소였다.

레나는 살며시 쿠로스케 쪽으로 눈을 돌렸다.

"저는 쿠로스케를 들여준 것만으로도 충분해요."

레나는 존중과 진심이 어린 기쁨을 담아 말했다.

아아…… 그런 거였나.

레나가 숨긴 진심을 알게 되자 속이 묵직해졌다.

쿠로스케를 집에 들이기 전 고양이에 드는 비용을 조사

했다.

연간으로 치면 13만 3천 엔. 이것이 최저 수준이다. 초기 비용이 들지 않았기 때문에 아직 실감은 나지 않았지만, 앞으로 지출이 늘어날 것은 분명했다.

밑바닥 사회인이기는 해도 태어나서 지금까지 돈이 아쉬웠던 적은 없다. 매일 막차 귀가로 괴로워했던 적은 있지만 먹을 것이 없어서 배를 곯았던 적은 없었다.

어쨌든 나는 분수를 알고 있다.

허세로 명품 같은 것을 몸에 걸치지는 않았다.

술집 여자에 빠지지도 않았다.

심지어 여행 경험조차 수학여행이 마지막. 가미네 가게에 가게 된 뒤부터는 집에서 캔맥주를 여는 것조차 사치라는 생각이 들게 되었다.

금욕적인 생활과는 거리가 멀지만 사치스러운 생활과도 무관하다.

가능한 한 저렴한 오락으로 만족을 채우면서 매달 얼마간의 저축을 한다. 혼자 산다면 나름대로 여유롭게 살아갈 수 있는 수준이었다.

여기에 레나가 더해지면서 매달 저축액이 줄었고, 거기에 쿠로스케까지 더해졌다. 다음 달부터는 저축액이 얼마나 줄어들까?

나의 벌이가 어느 정도인지에 대해서는 레나에게 한번

알려준 적이 있었다. 식비와 공과금, 매달 고정 비용도 얼마인지 레나는 파악하고 있다.

레나에게 받은 돈은 아직 손대지 않았다. 늘어나지 않은 돈에 손을 대면 금전 감각이 무너지기 때문이다. 손을 댈지 말지는 월 수지가 마이너스가 된 후에 생각하겠다고 레나에게 말했었다.

그래서 레나는 거절한 것이다.

단돈 만 엔이 조금 넘는, 비싼 것도 아니다.

다 큰 어른이 이 정도 물건을 사는데, 아이가 사양하게 만든 것이다.

"그렇, 군……."

그런 자신을, 태어나서 처음으로 비참하다고 생각하고 말았다.

◆

직장의 기본 환경음은 탁탁거리는 소리와 한숨과 혀를 차는 소리다. 쾅 내려치는 소리와 고성이 오가는 슬럼가를 경험해 온 몸으로서 이 광경은 그야말로 나비가 날아다니는 꽃밭이나 다름없었다. 다만 내성이 없는 사람들에게는 어수선한 거리 정도의 모습으로 비칠지도 모른다.

"저기, 실례합니다."

그 목소리는 마치 화상 자국을 건드리기라도 하듯 무척 조심스러웠다.

용기를 내어 던진 돌은 주위에 아무런 영향을 미치지 못하고 곧바로 기본 환경음에 휩쓸려 버렸다. 타이핑 소리뿐이라면 몰라도 던져진 돌멩이와 상관없는 혀를 차는 소리도 들려왔기 때문이었다.

그런 기화 현상을 겪은 사람이 누구인지는 고개를 돌리지 않아도 알 수 있었다. 도망간 노예의 보충 요원이다. 그것도 지난 몇 년 동안 계속 비어있던 자리를 채우기 위해 선출된, 기대받는 대형 신입이었다.

올해로 스물한 살을 맞은 그의 업무 태도는 최근 몇 년동안 봐왔던 보충 요원 중에서는 단연 꼴찌. 전력이 되지 않는 무쓸모형 인간이었다. 그래도 노예선에서 보충된 것이 아니라 업무 미경험자 관계없이 자사에서 고용한 인원이었다. 그 의미를 모르는 직원은 이 사무실에는 아마 없을 것이다.

"저…… 실례합니다."

분명 없을 텐데, 대답 하나 들려오지 않는다. 아마도 직업 상담이겠지. 나는 그를 조금 가엾게 여겼다.

"타마치 씨, 괜찮으시면 시간 좀, 내 주시겠어요?"

"어, 나?"

황급히 뒤돌아보니 대형 신입이 서 있었다. 나에게 무시당했다고 생각해서 그런지 촌스러운 검은 뿔테 안경 너머가 불안하게 흔들리고 있었다.

완전히 남의 일이라고 생각하고 있었기에 당황하고 말았다.

"그래, 무슨 일이야…… 토쿠다."

잠시 말문이 막힌 것은 사회인으로서 상대방의 이름을 잘못 부르는 것은 크게 실례되는 일이었기 때문이다. 본인을 앞에 두고 이름을 부른 적이 없었기에 '……어, 토쿠다라고 불러도 되나?' 하고 자신의 기억력을 의심했던 것이다.

"확인 좀 부탁드리고 싶은데요."

"확인?"

"네, 얼추 완성됐거든요. 한 번만 봐주세요."

토쿠다는 당황하면서도 눈을 굴리지 않고 확실하게 요청을 전했다.

전력으로 취급하지는 않지만 그런 토쿠다에게도 일은 제대로 주어지고 있었다.

일이라고는 해도 시키는 건 저녁을 만드는 데 조금 손을 보태는 수준이었다. 이제 겨우 칼을 쓸 수 있게 된 아이에게 양파를 썰게 하고, 한 알 한 알 다 자를 때마다 그 진행 상황을 확인하는 것이다.

솔직히 없는 편이 더 나은 수준이다. 상대하는 시간에

차라리 혼자 하는 편이 일은 더 빨리 해결할 수 있다.

하지만 병아리를 키운다는 것은 그런 것이다. 길게 보자면 쓸데없는 일도 아니고, 나에게도 그런 시기는 있었다.

토쿠다의 취급을 생각하면 지금까지의 노예들처럼 무시할 수는 없었다. 솔직히 좀 기대하고 있을 정도다.

"카타기리 씨는 어쩌고?"

하지만 나에게 말을 건 이유가 신경 쓰여서 묻지 않을 수 없었다.

토쿠다의 교육은 카타기리 씨가 일임하고 있다. 그가 단지 팀의 리더이기 때문만은 아니다. 타고난 기질로 인해 강요받은 성가신 일을 강하게 거절하지 못하는 탓이었다. 우리의 카타기리 리더는 그리하여 탄생했다.

"치과."

헤드폰으로 무장한 옆 동료가 불쑥 중얼거렸다.

"아아, 그러고 보니 도중에 빠진다고 말했었나."

아침 회의에서 3시 30분쯤에 나갔다 오겠다고 말했던 것이 떠올랐다.

컴퓨터 화면 오른쪽 아래로 눈을 떨어뜨리자 시각은 4시 30분. 앞으로 30분만 지나면 정시였다.

희망을 담아 동료를 곁눈질했다.

"카타기리 씨, 이제 곧 오시는 거죠?"

"저번에는 45분 기다렸다던데."

"네? 예약하고 간 거 아니에요?"

"타마치는 치과에 가본 적 없나?"

"태어나서 지금까지 충치 한 번 생긴 적 없어요."

"치과 예약은 30분 지연이 기본이야, 기본."

"헉…… 진짜요?"

"진짜."

동료는 일절 컴퓨터 화면에서 눈을 떼지 않고 담담하게 치과의 어둠을 말해주었다.

카타기리 씨의 아픈 치아의 이유를 알기에 머리가 아파왔다.

자신의 작업에만 집중할 수 있었다면 적당한 타이밍에 일을 끝내고 야근 없이 돌아갈 수 있었을 텐데……

애초에 왜 토쿠다는 대화 한 번 해본 적 없는 나를 선택한 걸까? 내 자리는 실내에서도 가장자리, 토쿠다와는 거리가 먼 구석이다.

나는 사무실을 휙 둘러보고 이내 그 이유를 짐작했다.

모든 사람이 헤드폰과 이어폰을 착용한 채 말을 걸지 말라며 강력하게 주장하고 있었기 때문이다. 옆에 있는 동료도 마찬가지다. 대화가 되는 것을 보니 음악 같은 것은 듣지 않는 것이 분명했다.

대형 신입이 눈에 띄는 장비를 갖추지 않은 어리석은 자를 발견해냈다는 뜻이었다.

한숨이 절로 나올 뻔했지만 여기선 꾹 참았다.

토쿠다에게로 눈을 돌리자 진지한 얼굴을 무너뜨리지 않기 위해 필사적이었다.

지금 동료와의 대화로 내가 귀찮다고 생각했다는 사실을 알아버리고 말았다. 최대한 가장하고 있긴 하지만 그 안은 불안과 초조, 그리고 두려움에 시달리고 있을 것이 분명했다. 나도 한때 경험했던 것이다.

이런 일이 일어날 것쯤은 토쿠다도 예상했을 것이다.

카타기리 씨가 돌아올 때까지 일하는 척이라도 하고 있었다면 좋았을 텐데. 그러지 않고 성실하게 일을 진행하려고 하는 모습은 사회인으로서 솔직하게 칭찬받아 마땅한 미덕이었다.

모처럼 사사키 씨가 데려온 대형 신입.

"뭐, 카타기리 씨가 없다면 어쩔 수 없지. 지금 갈게."

위에서 받은 것을 아래로.

이럴 때 정도는 좋은 얼굴로 도와줘야 벌을 받지 않을 것이다.

◆

결국 한 시간이나 야근하고 말았다.

단순히 확인만 하고 끝낼 생각이었는데 쌀쌀맞은 표정

을 짓지 않고 친절하게 대해준 탓이었을까. 눈 깜짝할 사이에 마음을 열어버려 이런저런 질문 공세를 당하고 말았다.

빨리 전력이 되고 싶다며 의욕에 넘치는 모습은 멋진 일이지만, 덕분에 카타기리 씨가 돌아오기 전까지 계속 붙어있어야 했다. 그 후 내가 해야 할 작업을 적당한 선까지 마무리하느라 이런 시간이 되고 말았다.

계절은 겨울, 12월.

이제 겨우 6시가 지났는데 해는 완전히 기울어 있었다.

기차역과 직결된 보행자 도로는 곧 다가올 크리스마스 조명으로 장식되어 있었다. 그 찬란한 빛을 받는 대부분은 커플이 아닌 퇴근길을 서두르는 회사원 나부랭이다.

나 또한 그중 한 명이었다.

"오, 타마치 아냐?"

슬픈 크리스마스 로드를 걷고 있을 때 어디선가 다정한 목소리가 들려왔다.

목소리의 주인을 채 떠올리기도 전에 반사적으로 고개를 돌렸다.

"아……"

의외의 얼굴을 마주하고 얼빠진 소리를 내고 말았다.

투블럭의 입체감 있는 헤어스타일에 질 좋은 카멜색 코트. 세련된 옷차림은 그 자체만으로도 젊어 보여 같은 나이대인 동료들과는 전혀 달라 보였다. ……아니, 오히려 이것이 평균적인 사회인의 모습일지도 모른다. 이 사람이 젊은 것이 아니라 동료들이 늙어 보이는 것이다.

예전에는 기르지 않았던 콧수염과 턱수염이 그를 완숙한 어른처럼 보이게 했다.

"오랜만이다. 타마치."

싹싹한 태도로 다가온 그 사람은 내 어깨를 툭 쳤다.

"오랜만이네요, 무카이 씨."

처음 나온 말은 센스도 없고 재미도 없는 말이었다.

나에게는 큰 은혜를 입은 사람이 사사키 씨 외에 한 명 더 있었다. 한때 노예선에 타고 있던 나를 눈여겨 봐줬던 은인. 그것이 무카이 씨였다.

무카이 씨가 이직하며 회사를 그만둔 이후엔 한 번도 만난 적이 없었다. 종종 퇴근 후엔 술자리에 데려가주기도 했지만, 사적으로는 전혀 없었다.

그런 사람을 퇴근길에 딱 마주치고,

"잠깐 한잔할래?"

이런 말을 들으면 거절할 수 있을 리가 없다.

거역하지 못하는 것이 아니다. 생각지도 못한 이 재회가 솔직하게 기뻤다.

개찰구로 향해야 할 다리는 그대로 반대로 향했다. 오늘은 춥다든가, 독감의 전염 상태라든가, 타고 있던 전차에서 인명 사고가 났다든가, 아무런 영양가도 되지 않는 이야기를 이어갈 뿐 '가게는 어디로 할까?'라는 주제는 조금도 언급되지 않았다.

그렇지만 우리의 발걸음은 멈추지 않았다. 약속하지 않아도 행선지는 이미 정해져 있었기 때문이다.

그 가게는 닭꼬치라는 말을 가게 이름에 달고 있긴 하지만 전문점은 아니다. 염색하고 귀걸이를 한 요즘 젊은이들이 접대해 주는, 불순함은 한 조각도 없는 건전한 술집이었다. 화려함에 관용적이다, 라기보단 그 정도는 받아들이지 않으면 사람이 모이지 않기 때문일 것이다.

"수고했어."

"수고하셨습니다."

카운터석 안쪽에 자리한 우리는 생맥주로 건배했다.

"그나저나 진짜 오랜만이네. 이렇게 얼굴 마주한 게 얼마만이지?"

"무카이 씨가 회사를 그만둔 이후로 처음이에요."

"아…… 그게 몇 년이더라."

"무카이 씨가 그만뒀을 때가 제가 22살이 되던 해니까……."

"지금 몇 살이지?"

"올해 26살이 됐습니다."

"4년이라…… 벌써 그렇게 됐구나."

무카이 씨는 음미하듯 중얼거리고는 탁상에 놓인 스마

트폰으로 손을 뻗었다.

전화가 온 것은 아니었다. 그렇다고 뭔가 보여주고 싶은 것이 있어서 든 것도 아니었다.

"하긴, 이런 부분까지 스마트화가 진행됐으니."

맥주를 추가 주문하기 위해 스마트폰을 조작하는 것이다.

2차원의 코드를 읽히면 스마트폰에 표시되는 디지털 메뉴. 점원을 자리로 부르지 않고도 본인의 스마트폰으로 주문할 수 있는 주문 시스템이었다.

설마 이런 식으로 4년의 세월을 느낄 줄은 몰랐는데.

"근데 뭔가 좀 싱겁지?"

문득 무카이 씨가 우려가 섞인 한숨을 내쉬었다.

"싱거워요?"

"단골 가게라 점원 얼굴은 대충 알고 있었잖아? 그건 단순히 자주 왔다는 뜻이 아니야. 커뮤니케이션이 있었기 때문이지."

"커뮤니케이션이요?"

"그래, 캡틴 기억나?"

"아아, 그립네요. 그런 애도 있었죠."

캡틴은 지위가 아니라 알바생의 별명이었다. 유래는 캐리비안의 해적 잭 스패로우라고 했다. 그 배우와 닮지 않아서 붙여진 것이 아니다. 반다나 너머 튀어나온 덥수룩한 머리 때문에 그런 별명이 붙은 것이다.

"캡틴의 첫 아르바이트 접객 상대가 우리였잖아. 어찌나 덜덜 떨며 긴장하는지 이 녀석 이대로 괜찮을까 싶었지."

"그런데 딱 1년이 지나니까 캡틴 씨, 캡틴 씨 하면서 다른 알바생이 의지하고 있었고요. 그걸 보고 그때 그 알바생이 엄청나게 성장했구나 하고 감탄했었죠."

"그런 감회를 느낄 수 있는 것도 주문할 때마다 얼굴을 마주쳤기 때문이라고 생각해. 하지만 그러던 게 전부 스마트폰 조작만으로 끝나버리잖아. 그게 뭔가 좀 싱겁구나 싶어서."

무카이 씨는 탁상에 놓인 스마트폰을 쿡쿡 찌르듯이 눌렀다.

예전에 다니던 막과자 가게 자리에 상가 건물이 들어선 것 같은, 과거를 아쉬워하는 감성적인 기분에 젖은 거겠지.

4년 만에 만나는 은인의 옆모습을 보고 떠오른 생각은 딱 하나.

"무카이 씨. 그 생각은 위험해요."

"뭐가 위험해?"

"셀프 계산대가 도입되었을 때의 노인들이 하던 생각이니까요."

"아⋯⋯."

감상은 단숨에 날아가고 무카이 씨가 날카롭게 미간을 좁혔다.

"뭔가 싱겁다. 그 정도 감상뿐이면 상관없지만, 그 생각이 더 나아가면 일이 복잡해지죠. 사람들의 온기가 없다든가, 접객 받는 기분이 들지 않는다든가, 종국에는 가게 측의 정성이나 감사하는 마음을 느낄 수 없다든가. 그야말로 손님의 횡포가 되는 거예요."

"기술이 널리 보급되는 건 놀라운 일이지. 스마트 사회 만세다."

맥주잔의 내용물을 단숨에 비운 무카이 씨가 드높이 맥주잔을 들었다. 그 다분히 의도적인 태도가 우스웠다.

과거보다 편리해진 것을 부정하고 불편한 채로 있는 게 좋았다고 말하는 것은 어리석은 짓이다. 그것은 상대방을 생각하지 않고 자신만의 생각을 주장하는 것뿐이다.

머지않아 접객업에서 사람의 온기를 찾는 것은 서민에겐 닿을 수 없는 사치가 될지도 모른다.

"실례합니다. 생맥주 두 잔 나왔습니다."

무카이 씨가 주문한 리필이 벌써 도착했다. 주문하는 김에 내 것도 함께 주문한 것 같았다. 남은 내용물을 비우고 맥주잔을 교환했다.

점원은 그대로 떠나지 않고 작은 덮밥을 테이블에 올려놓았다. 가게의 명물인 닭다리살을 통째로 사용한 조림 음식이었다.

아직 안주류는 주문하지 않았는데.

"이건 점장님이 드리는 겁니다."

"점장님?"

무카이 씨는 의아해하면서 카운터 건너편으로 고개를 돌렸다.

카운터와 조리장은 대면식으로 되어 있어 닭꼬치 굽는 광경을 보면서 마실 수 있었다.

솜씨 좋게 꼬챙이를 뒤집고 있는, 반다나를 감은 점원과 눈이 마주쳤다. 말없이 꾸벅 고개를 숙여 보인다.

그것을 본 나와 무카이는 동그랗게 뜬 서로의 눈을 몇 초 동안 마주 보며 단숨에 달아올랐다.

"저기까지 출세한 건가."

"설마 가게의 캡틴 자리에 올랐을 줄이야."

그로부터 4년, 벌써 4년.

예전에 그 벌벌 떨던 신입 알바생은 이제는 가게를 맡길 수 있을 정도로 성장한 것 같았다. 덕분에 사람들의 온기는 아직 공짜인 듯했다.

"어때, 그쪽 상황은? 내가 그만둔 뒤에 무슨 변화는 있었어?"

"그럼요. 무카이 씨가 빠진 구멍은 컸으니까요. 완전히 달라졌어요."

"어떻게 변했는데?"

"카타기리 씨의 초과 근무 시간이 두 배가 됐죠."

"하핫! 그러고 보니 내 뒤를 그놈이 이었던가. 잘하고 있나, 카타기리는?"

"무카이 씨의 후임이니까요. 아주 즐겁게 일에 매진하고 있어요. 입버릇은 '무카이 씨는 안 돌아오려나······'고요."

"뭐어, 그 녀석은 야근하는 걸 싫어하는 녀석이었으니까."

"야근을 원하는 녀석 따위 저희 부대엔 없습니다."

"넌 어때?"

"완전 힘들죠. 오늘도 한 시간이나 야근을 해버렸어요."

"뭐야, 한 시간이나 야근했다니. 타마치도 많이 컸네."

"덕분에 몹시 으스대면서 다니고 있죠."

건방짐을 향한 놀림조의 말에 더욱 건방지고 가벼운 말로 대꾸했다.

"그러고 보니 그쪽에 토쿠다라는 녀석이 들어갔지?"

"그게 바로 제가 야근을 하게 된 이유······ 잠깐, 알고 계셨나요?"

"그 녀석을 사사키 씨에게 소개한 사람이 나니까. 그래, 네가 돌봐주고 있는 건가?"

무카이 씨는 기쁜 듯이 웃더니 맥주잔을 기울였다. 반면 나는 맥주잔을 입으로 옮기려던 손을 멈추고 그대로 눈을 동그랗게 떴다.

"아뇨······ 토쿠다 교육은 카타기리 씨예요."

"음, 그래? 뭐 어느 쪽이든 안심이네."

"그게 아니라, 토쿠다가 무카이 씨 소개라니…… 무슨 뜻이죠?"

"그 녀석은 아내의 사촌이거든."

"푸흡! 아내요?!"

마음을 가라앉히기 위해 입에 넣었던 맥주를 다시 뱉어 내고야 말았다.

무카이 씨를 빤히 바라보고 있자 그가 보란 듯이 맥주잔을 왼손으로 들어 보였다. 약지 일부가 가게 조명에 은빛으로 반짝였다.

남의 손을 일일이 신경 쓰진 않으니 전혀 눈치채지 못했다.

"결혼, 하셨어요?"

"2년 전에. 반년 전에는 아이가 태어났고."

"아이까지…….."

폭풍처럼 들이닥친 4년의 변화에 나는 그저 얼떨떨했다.

"그, 저기…… 축하합니다."

"오, 고마워."

축하하는 마음보다도 놀라움이 이긴 상황이었다. 그러나 무카이는 예상 이상의 반응을 본 것에 충분히 만족하는 얼굴이었다.

"그 녀석이…… 토쿠다가 무카이 씨의 친인척이었다니."

사고뭉치 취급하지 않고 순순히 도와준 몇 시간 전의 나

자신을 칭찬해주고 싶었다.

"그 친구는 타마치와 비슷한 처지야."

"비슷하다니요?"

"네가 예전에 탔던 배에 있었거든."

"……뭐야, 노예선 출신이에요?"

"고등학교 졸업하자마자. 의욕은 있었지만, 운이 없었지. 오래 근무해도 도움 안 되는 귀찮은 잡무만 시켰다는 것 같아."

대기업에서 경험을 쌓을 수 있다.

0부터 시작해 IT 엔지니어로.

기초부터 알려주기 때문에 안심하고 일할 수 있다.

달콤한 구호에 이끌려 노예선에 올라탄 사람들에게 흔히 있는 일이다.

그 실태는 단순한 작업이나 버그 체크뿐이다. 아무리 경험이 많아봤자 급여는 크게 오르지 않고 기술 향상으로도 이어지지 않는다. 다중 하청 구조의 어둠이다.

그런 화제를 꺼내며 이야기가 넘어갔는데, 토쿠다는 올해로 21세가 되었다고 한다. 귀중한 10대 시절을 그런 곳에서 허비했다고 생각하면 동정심이 들었다.

코드를 적어왔던 나는 그나마 운이 좋은 편이었을지도 모른다. 같은 노예라도 밑에는 더 밑이 있기 마련이다.

"노력이 반드시 보답받는다는 건 무책임한 말이지."

"맞아요. 노예 취급을 받는 곳에서 열심히 노력해 봤자 올라가는 것은 노예로서의 격뿐이죠. 그걸 보상이라고 말하는 건 너무 무책임해요."

"모처럼 이어진 인연이 그런 소모품 취급을 받는 건 좀 안타깝잖아."

"그래서 사사키 씨에게 부탁한 건가요?"

"회사는 키우는 걸 전제로 그해 졸업생밖에 뽑지 않으니까. 밑져야 본전이라는 생각에 연락을 취했더니 두말없이 만나 주더군."

"말하긴 좀 그렇지만, 사사키 씨도 용케 고용하셨네요. 쓸만한 재주는 배우지 못한 상태였는데도."

"열악한 환경에서 계속 버텨왔어. 나름대로 배운 건 있겠지."

"어떤 거요?"

"노예근성."

지독한 걸 배웠구나 싶어 토쿠다에게는 미안하지만 웃어버렸다.

"뭐, 확실히 그런 근성과 무카이 씨의 소개까지 있었으니 사사키 씨도 해볼 마음이 들었겠네요."

우리 회사는 일류 호텔과는 거리가 멀지만, 양호 시설 정도의 기능은 하고 있었다. 슬럼가와 비교하면 이지모드였다.

"아무튼 그런 거니까 잘 좀 대해줘. 당분간은 방해밖에 안 되겠지만, 조만간 금방 편하게 해줄 거야."

"무카이 씨가 그렇게 말씀하신다면야. 야근하지 않는 선에서 친절하게 대해주겠습니다."

"사랑하는 아내의 사촌이야. 부탁할게."

무카이 씨가 과장된 몸짓으로 내 등을 두드렸다.

자각하고 한 말일까, 아니면 저절로 흘러넘친 걸까. 이 기혼자는 자연스럽게 사랑 이야기를 늘어놓고 있었다.

"사랑하는 아내라. 결혼 생활이 순탄한 것 같아 다행이네요."

"타마치."

"왜요?"

"결혼은 좋아."

"하아…… 그 무카이 씨가 설마 이런 진부한 발언을 하는 아저씨가 돼버리다니."

"너도 빨리 결혼하라고 재촉하진 않았으니 아직 나은 편 아니야?"

태도를 바꾸긴커녕 무카이 씨가 자랑하듯 말했다.

확실히 그 말이 맞다. 고개를 끄덕이면서 고기 한 덩이를 두 개로 갈랐다. 반으로 잘린 고기를 앞접시에 올린 뒤 덮밥은 무카이 씨에게 내밀었다.

"결혼하면 뭐가 좋은가요?"

"글쎄……."

생각에 잠긴 그 모습은 떠올리지 못하는 것이 아니라, 첫 번째를 고르지 못하는 모습이었다.

"역시 아내의 어서 오라는 말과 웃는 얼굴이려나. 그것만으로 모든 일의 피로가 싹 날아가지."

"아아, 뜨거워라 뜨거워."

닭고기를 한입 먹은 뒤 과장되게 얼굴을 손으로 부채질했다.

"그리고 아무리 늦게 들어가도 따뜻한 밥을 내어주니까. 그것만으로도 아내한테는 고개가 절로 숙여져."

"아아, 그 기분 알아요. 따뜻한 밥이 말없이 나오는 것만으로도 감사하죠."

"그렇지? 편의점 도시락을 레인지에 데워서 맥주와 함께 쑤셔 넣는 일상. 옛날의 나는 그런 처량한 생활을 의문스럽게 여기지도 않고 보냈었는데."

"저는 오랫동안 수세미를 안 만져서 손이 완전 깔끔해졌어요."

한 손을 팔랑팔랑 흔들며 맥주를 마셨다.

무카이 씨가 내 얼굴을 지그시 바라보았다.

"타마치."

"네?"

"여자가 생겼구나."

"……어? 아."

순간적으로 들어온 시야의 끝에서 무카이 씨가 히죽 입꼬리를 올리고 있었다.

……실수했다.

무카이 씨의 결혼 생활에 공감한 나머지 생각 없이 말을 흘려버리고 말았다.

아직 두 잔째. 취한 정도는 아니지만 들떠 있다는 자각은 있었다. 오랜만에 이렇게 술을 함께한 것이 즐거웠기 때문이다.

"처음부터 왠지 그럴 것 같긴 했는데, 역시나였군."

"처, 처음부터라니, 무슨 뜻인가요?"

"술 마시러 가기로 결정됐을 때, 누군가한테 연락을 넣었지? 밥을 차려놓고 기다려 준 상대가 있으니까 그런 아쉬운 얼굴을 했었던 거고."

"으……."

날카로운 지적에 신음하고 말았다.

무카이 씨 말이 맞았다. 레나가 집에서 저녁 준비를 하고 기다려 주고 있었다. 그런데 직전에 저녁을 못 먹게 되는 상황이 되어버려 미안한 마음을 느낀 것이다.

"타마치에게도 밥을 차려놓고 기다리는 여자가 생긴 건가?"

"아, 아뇨, 저기…… 여자친구 같은 거, 없습니다."

바보 같을 정도로 억양 없는 목소리로 대답했다. 이런 꼴사나운 모습으로도 여전히 레나를 숨겨보려는 의지는 남아 있었다.

집에서 기다릴 상대가 없다는 것의 괴로움 정도는 잘 알고 있다. 그렇다면 내가 쓸 수 있는 수단은 정해진 거나 다름없다.

"렌탈, 여친입니다."

"렌탈 여친이구나."

"맞아요, 마음에 들었던 아이를 캔슬했거든요."

"하핫! 그런 걸로 치지 뭐."

포기를 모르고 나온 빈약한 변명. 그것을 안주 삼아 마시는 술은 더없이 맛있어 보였다.

스스로 생각하기에도 너무 멍청해서 얼굴을 가리고 말았다. 차라리 의미심장하게 웃고 나서 묵비권을 행사하는 편이 훨씬 더 멋졌을 텐데.

"네 마음을 모르는 건 아냐. 나도 아내에 대해서는 숨기고 있었으니까."

"숨겼다니…… 이직하기 전부터 사귀고 있었다는 건가요?"

"어쩐지 말하는 게 좀 민망했거든."

내뱉은 말과는 달리 무카이 씨는 후련한 얼굴을 하고 있었다.

"어쨌든 첫 여자친구였으니까. 동료들한테는 보통 그런

애기는 꺼내고 싶지 않잖아?"

"아아, 그렇죠…… 알 것 같아요."

"알고 있다는 건 그런 기분을 느껴봤다는 뜻이겠군."

"제 이야기는 이제 됐어요."

최대한 씁쓸한 표정을 짓자 무카이 씨는 재미있어했다.

문득 떠올랐다.

"무카이 씨가 회사를 그만둔 건 부인과 관계가 있나요?"

무카이 씨에게 회사를 그만두겠다는 말을 들었을 때는 그야말로 청천벽력 같은 기분이었다.

흔히 회사를 그만두는 사람에게서는 특징이나 전조라는 것이 보이기 마련인데, 무카이 씨에게는 그것이 없었다. 정말 어느 날 갑자기, 그만두기 두 달 전에 이직한다는 통보를 들은 것이다.

회사나 자신의 처우에 불만이 있는 것은 아니었다. 커리어 향상을 목표로 한 이직이라고, 당시 이 가게에서 아무렇지도 않다는 듯 말해주었다.

그 말을 듣고 훨씬 더 의아했다. 무카이 씨는 본래 우리들과 똑같이 야근을 선호하지 않는 사람이었다. 새로운 장소에서 새로운 것을 배우고 커리어업을 목표로 한다면 야근이 늘어나는 것은 피할 수 없다. 그야말로 일하는 시간뿐만 아니라 사적인 시간도 희생해야 한다.

"월급이 적다는 생각이 들었거든."

"갑자기요?"

"이대로 결혼한다면, 가족을 평생 지켜주기에는 내 월급이 적을 것 같았어."

무카이 씨는 슬며시 눈을 내리깔았다.

"그때까지는 휴가 전에는 술을 마시고, 집밥 같은 건 만들어 먹을 생각도 안 하고 외식 삼매경. 뭔가를 참고 살지는 않았지만, 그럭저럭 저축은 하고 있었어. 혼자 살아가는 몸으로서는 아무런 어려움도 없었고, 장래의 불안 따윈 전혀 없었지."

"그러던 게 부인…… 여자친구가 생기면서 변한 건가요?"

"지금까지 가보지 못한 곳으로 발을 옮겼다. 지금까지 연이 없던 것에 손을 대기 시작했다. 1인분으로 끝나던 것이 2인분이 되었다. 그렇게 된 후에야 지갑 속의 내용물이 신경이 쓰이더군."

"이런 건 남자가 내는 거라고 했나요?"

"그쪽은 사회 초년생이었으니까. 허세 정도는 부리고 싶지 않겠어?"

무카이의 나이를 떠올리며 머릿속으로 계산해 보았다. 무카이 씨가 스무 살이었을 때 그쪽은 중학생이라는 결론이 나왔다.

목구멍까지 나오려던 말을 꾹 눌러 참았다. 여러모로 내게 되돌아올 것만 같았기 때문이었다.

여기선 잠자코 얌전히 고개를 끄덕이는 것만이 답이었다.

"결혼을 의식하게 된 뒤, 이 지갑 사정으로 가족을 부양해 나간다는 생각을 해봤어. 어른 둘이서만 살아간다면 상관없지만, 아이가 생기면 이야기는 달라지지."

"아이 하나 키우는 데 2천만 엔 이상이 든다고 했던가요."

"그렇게 되면 지금까지와 같은 생활은 우선 할 수 없어. 첫째도 절약, 둘째도 절약. 결국은 계속 아껴야 하지. 참고, 참고, 계속 참는 거야. 온 가족이 참는다면 아이가 원하는 대학 정도는 고르게 할 수 있겠지."

불현듯 무카이 씨는 한숨을 내쉬었다.

"아이에게 게임기 하나 편하게 사줄 수 없는 나를 상상하니 어쩐지 비참하더라. 그때 처음으로 내 월급이 낮다는 생각이 들었지."

과거의 자신에게 쓴웃음을 지은 것이다.

나는 가슴이 쪼개지는 것 같은 둔통을 느꼈다. 나도 모르게 아, 하는 소리를 삼키고 말았다.

무카이 씨가 도달한 그 생각은, 바로 내가 얼마 전 생각했던 것이다.

그 정도의 물건을 사는데 아이의 배려를 받고 말았다. 그런 나 자신이 그저 비참했다.

무카이 씨는 그렇게 되기 전부터 그런 미래를 상상했다. 그리고 그런 비참한 미래를 회피하기 위해서,

"그래서 이직을 결정한 건가요?"

"그래. 거긴 딱 좋은 미온수였지만 경력을 쌓기엔 좀 부족했으니까. 그 결정은 틀리지 않았지. 지금 회사에서 몸을 갈아넣은 만큼 리턴은 컸거든."

고생한 만큼 보답을 받았다. 그 기쁨을 축하하듯 무카이 씨는 맥주를 마시며 스마트폰에 손을 뻗었다. 안주 주문이 아직이라는 것을 떠올린 것인지 "적당히 주문할게"라고 말해오기에 "네"도 아니고 "예"도 아닌 애매한 목소리로 대답했다.

어린아이를 상대로 비참함만은 느끼고 싶지 않다.

설마 그런 마음을 가슴에 품고 있었을 줄이야. 무카이 씨가 그만두었을 당시에는 꿈에도 생각하지 못했다.

무카이 씨는 혼자 살아갈 사람이라고 믿기까지 했다. 그러던 사람이 아직 가족도 아니었던 사람을 위해. 앞으로 태어날 가족을 위해, 편안한 지금을 버리고 새로운 장소에서 노력하는 것을 택했다.

노예 시절과 비교하면, 나는 이 사람과 조금 더 가까워졌을 것이라고 생각했다.

"……힘들지 않았나요?"

"뭐가?"

"야근도 늘었을 거고, 휴일에도 틈틈이 공부했을 거잖아요?"

"지난 4년 동안 자격증이 많이 늘긴 했지."

"거기에다 가족한테 쓰는 시간도 늘었죠? 그럼 자신에게 쓸 수 있는 시간은 거의 없지 않나요?"

"그래. 내 시간의 대부분은 가족들과 일에 전부 다 쓰이고 있어. 나한테 쓰는 시간은, 그야말로 이렇게 마시는 건 정말 간만이야."

무카이 씨는 하얀 치아를 선명하게 드러내며 웃었다.

오랜만에 쓴 귀중한 시간이 나와 술을 마시는 것이라니. 미안함과 동시에 이 시간은 자신을 위한 것이라는 단언에 좀 쑥스러웠다.

"그렇게 가족들과 일에 시간을 다 뺏기면 힘들지 않아요?"

그래서 이 사람은 정말 괜찮은 걸까, 하는 걱정이 들었다. 지금까지 혼자 자유롭게 살아온 사람이니까. 가족을 만든 것까지는 좋지만, 지금까지의 자유가 모두 묶여서 실은 답답하지 않을까. 내가 아는 얼굴을 하고는 있지만, 그 물밑에서는 백조처럼 발버둥 치고 있지는 않을까.

"그게 말이지, 전혀 괴롭지 않아."

걱정은 기우라는 듯 무카이 씨가 고개를 끄덕였다.

"그도 그럴 게, 특별한 취미도 없었거든. 독신이던 시절에는 그저 가벼운 여흥으로 시간을 보냈어. 그런 식으로 단지 인생의 빈틈을 메우고 있었을 뿐이라는 걸 깨달았지."

옛날의 생활 방식에 조금의 미련도 느껴지지 않았다. 무카이 씨는 오히려 재미없는 삶을 살았다며 자학했다.

가족과의 시간을 마치 보석처럼 소중히 여기고 있다.

"아이가 태어나면서 그게 더 달라졌어. 애들의 성장은 빠르니까. 1초라도 더 오래 옆에 있으면서 성장을 지켜보고 싶었지. 그렇게 생각하는 반면 한 시간만 더 열심히 하면 분윳값을 벌 수 있어. 두 시간만 더 열심히 하면 옷을 사줄 수 있어. 막차까지 열심히 하면 장난감을 사줄 수 있어."

그리고 일을 대하는 태도가 바뀌었다.

"그렇게 열심히 쌓아온 것이 아내와 아이를 지키는 일로 이어지지. 그렇게 생각하면 야근은 조금도 힘들지 않아."

너무나도 후련해 보이는 그 얼굴이 나에게는 눈이 부시게 느껴졌다.

지킬 것이 생겼다. 그것을 위해서라면 어떤 고생도 아깝지 않고, 어떤 힘든 일이 있어도 버틸 수 있다.

자신을 위해서가 아니라 지켜야 할 것을 위해서라면 무엇이든 할 수 있다. 그것이 결국 자신에게 가장 도움이 된다.

아아, 이 사람은 어른이 되었구나.

나는 그저 나이를 먹은 것만으로 어른 취급을 받고 있을 뿐이었다. 무카이 씨와 같은 어른이라고는 입이 찢어져도 말할 수 없다.

그런 내가 무카이 씨를 걱정하다니 애초에 우스운 일이었다. 나는 그저 잠자코 어른에게 가르침을 청하면 될 일이었다.

"내친김에 재미없는 질문 하나 해도 될까요?"

"좋아."

"무섭지 않나요?"

"뭐가?"

"어떤 불운 때문에 한순간에 가족을 잃을 수도 있잖아요. 그렇게 됐을 때, 지금까지 뭘 위해 노력했는가 하는 마음이 들지 않을까요? 그게 무섭진 않나요?"

"무서운 건 맞지만, 처음부터 그런 걱정을 했다면 아무것도 하지 못했겠지. 중요한 건 지금이야, 지금."

내가 안고 있는 고민을 어이없을 정도로 태연한 얼굴로 일축했다.

"장래에 비참한 마음을 갖지 않기 위해서라도 조금이라도 더 많이 쌓자. 나는 그런 식으로 가족을 소중히 여기고 싶어. 운석이 떨어진다면 그건 그때 가서 생각할 일이지."

제4화 비융통 사회 궤조 기관사②

9월도 하순에 접어들며 실버위크*에 돌입했다.

사람들이 그토록 고대하던 연휴이기는 하지만 나 자신은 딱히 이렇다 할 감정을 느끼진 못했다. 아직 여름 방학이 한창이기 때문이다.

대학의 여름 방학은 길다. 숫자상으로는 알고 있었지만, 막상 체험하니 이렇게나 쉬어도 되나 의아할 정도였다.

홋카이도 고등학교의 여름 방학은 30일도 채 되지 않았다. 그러던 것이 배 가까이 불어나니 방학 중반 이후부터는 죄책감이 들기 시작했다.

대학 생활의 첫 여름 방학은 인생에서 가장 즐길 수 있는 장기 휴가다.

대학에서 사귄 친구들과 여러 여름 이벤트를 체험했다. 절친과 단둘이 여행을 갔다. 오랜만에 시간을 신경 쓰지 않고 취미에 푹 빠져들 수 있었다.

활동 범위만 넓어졌을 뿐 하는 일은 작년까지와 별반 다르지 않다. 그래도 대학생들은 미성년자 나름대로 어른 흉내를 낼 수 있게 되었다. 밤늦게 돌아다니거나, 외박해도 어른들의 눈총을 받는 일이 사라진 것이다. 남은 거라고는

---

*일본의 가을 연휴.

가족에게 통금 시간을 받을지 말지의 문제 정도겠지만, 나에게는 필요 없는 걱정이었다.

무엇을 하든 어리니까 허락할 수 없다는 틀에서 벗어난 것이다. 그나마 남은 제한은 음주와 흡연 정도일까.

여름 방학에 하고 싶은 일은 거의 다 해봤다. 하지만 딱한 가지 하지 않은 것이 있다.

귀성. 대학에 들어간 이후로 나는 집에 한 번도 가지 않았다. 그렇게 미뤄왔던 것을 마침내 실버위크에 실행했다.

맑은 도쿄에서 두꺼운 구름으로 뒤덮인 삿포로.

두 시간 전까지만 해도 밖에서 땀을 흘리고 있었는데, 비행기에서 내리자마자 쌀쌀한 추위에 몸을 떨었다. 집에 돌아오자마자 그 두 가지에 동시에 습격당할 것이라고는 당시엔 생각도 못 했다.

이번 귀성에 앞서 아빠한테는 연락을 드렸다.

답장은 딱 한 마디. 『알았다』였다.

가족끼리 여행을 가자느니, 적어도 밥이라도 먹자느니, 바쁘지만 시간에 맞춰 만나자느니 하는 것은 일절 없다. 아빠가 말한 알겠다는 말은 가정부에게 전해 두겠다는 뜻이었다.

나는 이런 일이 일어날 걸 예상했기에 실망하지 않았다. 오히려 익숙하지 않은 가족 서비스는 이쪽에서 사양이다. 직장 사장과 사적인 여행이나 식사 같은 것은 즐겁지도 재

믿지도 않기 때문이다.

자랑스러운 딸 역으로서 밖에 끌려갈 일은 없다. 그 자체로도 좋은 소식이었다.

이번 귀성은 완전히 자유인 셈이다.

나는 아빠가 보고 싶어서 돌아온 것이 아니다.

소중한 가족을 만나고 싶어서 돌아왔다.

솔직히 긴장된다.

방에 틀어박힌 이래 카에데에게 자신은 잔소리만 하는 언니일 뿐이었다.

특히 몸가짐에 대해서는 언제나 강한 어조로 강요해왔다. 심지어 옷 같은 경우는 억지로 끌고나와 어울리는 것을 골라주기도 했다.

자고로 인간은 겉모습뿐만이 아니다. 이것이 그저 허울 좋은 말이라는 것을 실감하고 있기 때문에 소홀히 할 수는 없었다.

사람들의 내용물은 눈에 띄지 않는다. 그래서 새로운 공동체가 만들어졌을 때 겉모습부터 받아들이게 된다. 학교라는 공동체는 바로 그것이 두드러지게 나타나는 공간이다.

외관의 좋고 나쁨은 사람들의 반응을 바꾸고, 그것만으로 함께하는 동료들이 바뀐다. 적을 전혀 만들지 않는다고는 할 수 없겠지만 옷을 허술하게 입었을 때의 대우보다는 낫기 마련이다.

카에데가 다시 학교에 다니기 시작했을 때를 생각해 나는 애를 쓴 것이다. 그래서 설령 싫어할지라도 카에데가 사회로 돌아갔을 때 그것이 가장 도움이 될 것이라고 믿었다.

카에데의 진학처는 나의 모교인 사립 진학교. 자유로운 교풍이기는 하지만 선은 확실하고 그것을 넘은 사람은 엄격한 벌을 받는다. 왕따 문제는 없을뿐더러 치안과 생활 수준도 높아 안심하고 다닐 수 있는 학교다.

카에데는 재능뿐만 아니라 외모도 뛰어나다. 숨소리마저 들리지 않을 정도로 가만히 있더라도 반의 중심인물들은 그녀를 가만 놔두지 않을 것이다.

다른 사람들과의 소통을 카에데는 계속 포기해 왔다. 소홀했던 만큼 처음에는 잘 마주하지 못할 수도 있다. 그래도 악의에만 노출되지 않는다면 학교가 상상했던 것보다 더 무서운 곳이 아니라는 것을 알게 될 것이다.

무소식은 희소식.

아무에게도 연락이 없다는 것은 첫걸음을 넘어서서 학교에 다닐 수 있게 되었다는 것을 의미한다. 그렇다면 내가 집을 떠났을 때보다 카에데는 더 큰 성장을 이뤘을 것이다.

그것이 기대되는 동시에 무서웠다.

잔소리만 해대는 언니였던 나를 지금은 어떻게 생각하고 있을까.

내가 강제로 주입해온 것은 학교생활에서 카에데에게 도움이 되었을 것이다.

나는 감사를 받고 싶진 않았다.

은혜를 느끼길 바라는 것도 아니다.

마지못해 배운 것이 도움이 되었다면 그것만으로도 보답받는 기분이 들 것 같았다.

카에데가 행복할 수 있다면 마지막에는 미움을 받아도 상관없다. 그렇게 느끼면서도 역시 미움받고 싶지 않고 좋아해 주었으면 하는 것이 사람 마음이다.

어렸을 때처럼 딱 붙어 있길 바라는 것은 아니지만, 함께 밥이라도 먹으면서 지금까지 있었던 일들을 이것저것 이야기하고 싶었다. 욕심을 낸다면 함께 외출해서 쇼핑 같은 것을 하며 즐겁게 보내고 싶었다.

과외 일을 하며 받은 돈은 그것을 위해 쓰려고 지갑에 몰래 넣어 왔다.

여름 방학의 마지막을 멋지게 마무리할 수 있을까? 그 결과를 앞두고 불안과 기대가 가슴속에 함께 공존하고 있었다.

"……후우."

나는 작게 심호흡을 한 후 1년 만에 카에데의 방문을 두드렸다.

"카에데, 나 왔어."

문 너머로 그녀를 불렀다. 그러나 아무리 기다려도 대답은 들리지 않았다.

"들어간다?"

나는 다시 말을 걸고 문에 손을 얹었다.

실내 열쇠가 따로 있는 방이다. 걸쇠가 걸려 있으면 그 말은 즉 들어오지 말라는 뜻이다. 그 후로는 늘 거기서 용건을 전해왔다.

대답이 없는데 문이 잠겨 있다면 마음이 아플 것이다. 카에데가 나를 거절하고 있다는 무엇보다 좋은 증거일 테니까.

각오하고 손을 댄 문이 활짝 열렸다.

책상 위에는 노트북과 컴퓨터 모니터 한 대뿐. 방 주인의 기호를 알 수 있는 것은 딱 그 두 개뿐이었다. 최소한의 가구는 갖추고 있지만 쓸데없는 소품은 보이지 않았다. 이것을 보고 여고생의 방이라고 누가 생각할 수 있을까.

상경하기 전과 다름없는 광경이다.

카에데스러움이 변하지 않는 방을 보며 그 나이대의 소녀답지 않다고 걱정해야 할까. 판단이 잘 서지 않았다.

그런 다음 문득 위화감을 느꼈다.

이미 낮인데도 실내는 어둑어둑했다. 커튼이 쳐져 있는 것이다.

이곳은 2층이고 밖에서 들여다볼 염려가 없는 위치이다.

방에 틀어박혀 있을 때 카에데는 낮에 커튼을 닫지 않았다.

실내는 지저분하지 않고 먼지도 없이 깨끗하다. 침대도 막 일어난 직후처럼 어수선하지 않고 주름 하나 없이 깔끔하게 정돈되어 있다.

카에데는 방에 사람을 들여보내고 싶어 하지 않는다. 침구 세탁은 가정부에게 맡기고 있지만, 방 안에서의 일은 전부 알아서 하고 있다.

눈 앞에 펼쳐진 광경은 도저히 카에데가 손을 댄 것처럼은 보이지 않았다. 학교에 다니게 되면서 마음가짐이 바뀌었다고 생각하면 그만인데, 왜 커튼이 쳐진 채로 있는 걸까.

무엇보다 실내의 냄새가 이상했다. 이상한 냄새가 난다는 뜻이 아니다. 같은 집이면서도 개인실은 방 주인의 냄새가 배어 있기 마련이다. 카에데의 방에서는 한때 있었던 냄새가 없고, 복도에서 이어지는 평범한 집 냄새밖에 나지 않았다.

마치 오랫동안 방 주인이 없었던 것처럼.

"어머, 어서 오렴, 모미지."

부르는 말에 돌아보니 우리 집 가정부가 서 있었다.

올해로 60살이 되었다고는 믿을 수 없을 정도로 젊어 보이는 그녀는 오랜만에 만나는 친척을 보듯 반갑게 미소 짓고 있었다.

"다녀왔어요, 이소노 씨."

위화감에서 애써 벗어나듯 그 미소에 얼굴을 끌어올렸다.

엄마가 돌아가신 후 아빠에게 고용된 이소노 씨. 집안일의 일체를 책임지는 그녀는 좋은 의미에서 일과 사적인 부분을 잘 구별했다.

필요 이상으로 나나 카에데의 사생활을 파고들지 않는다. 그렇다고 우리에게 무관심한 것도 아니다. 일 때문에 돌봐준다고는 해도 부탁이나 상담에 쉽게 응해주는 따뜻함도 있다. 그래서 우리 자매들에게는 이 집에서 사는 데 필수적인 사람이었다.

이소노 씨의 굉장한 점은 카에데와 소통할 수 있다는 것이었다. 최소한의 응답만으로 카에데의 요구를 최대한 맞춰주었다. 덕분에 카에데가 방에서 틀어박혀 지내는 데 큰 불편함이 없었다고도 볼 수 있었다.

이소노 씨는 계단에서 올라온 것이 아니었다. 복도의 인기척을 알아차리고 내 방에서 얼굴을 내민 것이다. 그것이 의미하는 것은 하나였다.

"쉬는 날 일부러 저 때문에 나와주셔서 감사해요."

내가 편안한 방학을 보낼 수 있도록 신경 써서 따로 방 정리를 해준 것 같았다.

"아아, 괜찮아, 괜찮아. 지난 1년 동안 할 일이 거의 없어져서 한가했을 정도거든. 그런데도 받는 돈은 변하지 않으니 이럴 때 정도는 일해야지."

이소노 씨가 손사래를 치며 말했다.

나 한 명이 없어진 건데 한가할 정도로 일이 사라지는 건가?

의문을 가지면서도 납득하려는데,

"그래서…… 카에데는 잘 지내고 있니?"

이소노 씨는 반대로 내가 묻고 싶은 것을 물어 왔다.

지난 며칠 동안 카에데가 아파서 오늘의 상태를 물어보는 건가 생각했지만, 곧바로 그 생각은 지워졌다. 이소노 씨는 보다시피 나보다 일찍 이 집에 와 있었다. 그렇다면 그 질문은 너무 이상하다.

"어……."

"그, 내가 마지막으로 카에데를 본 게 그거였으니까……. 무소식이 희소식이라고 하잖니? 자매 둘이서 잘 지내고 있을 거라 생각하지만 그래도 오랫동안 봐왔던 아이니까……."

"자, 잠깐만요."

나는 황급히 끼어들었다.

비행장에 이르기 전까지 달라붙어 있던 것들이 등에서 뽑어져 나왔다.

비행기에서 내렸을 때와 같은 쌀쌀함에 몸이 덜덜 떨렸다.

"둘이서, 잘 지낸다고요……?"

"어, 응. ……카에데, 모미지한테 간 거 맞지?"

당황을 가까스로 억누르는 이소노 씨의 태도는 내가 아니라 자신에게 말하는 것 같았다.

뇌리를 스치는 것은 있어서는 안 될 가능성이라고 말하는 것처럼.

"……그게, 무슨 뜻이에요?"

나는 목소리를 떨면서 그 가능성을 긍정했다.

◆

"저기, 모미지. 카에데 때문에 무리하는 거 아니니?"

그것은 엄마가 돌아가시기 일주일쯤 전의 이야기였을까.

당시 초등학생이던 카에데는 잠든 심야 시각. 거실에서 편안하게 쉬고 있는데 갑자기 엄마가 그런 말을 꺼내왔다.

"무리라니…… 무슨 말이야?"

엄마의 말뜻을 알아듣지 못해 고개를 갸우뚱했다.

"카에데는 학교 친구들은 있는 것 같은데…… 집에 데려오지도 않고 가지도 않지? 항상 집에서 나나 모미지 옆에 붙어 있잖아."

엄마는 기쁜지 곤란한지 모르겠다는 표정을 지어 보였다.

맞아, 카에데는 언제나 나나 엄마의 껌딱지였다.

같이 놀아달라고 조르는 것이 아니다. 내가 공부를 하고 있으면 같은 방에서 한다. 내가 없으면 엄마의 눈길이 닿는 곳에서 한다. 우리와 같은 공간에서 시간을 보낼 수 있다면 그것만으로도 좋아한다.

고집을 부리는 일도 없고 손도 많이 안 가지만, 그런 응석받이 여동생이었다.

부모와 언니에게서의 독립. 언젠가 그런 날이 오기는 할까? 그런 걱정을 하면서도 귀여운 여동생에게 이렇게까지 사랑받고 있는 것은 기쁘기도 했다.

"내 시간이 카에데에게 뺏기지 않을까 걱정하는 거야? 그거라면 괜찮아. 이렇게 보여도 내 페이스대로 카에데랑 지내는 거니까. 무리하는 건 아니야."

"아니, 그게 아니란다."

엄마는 고개를 저었다.

"카에데는 뭐든지 모미지와 함께하고 싶어 하니까……. 힘들면 무리하지 않아도 된다는 뜻이야."

"아, 그 말이었구나."

엄마의 걱정에 금방 무언가를 알아차렸다.

카에데는 언제나 나를 따라 하고 싶어 했다. 머리 모양은 물론이고 옷도 새것보다 내가 입던 것을 찾았다. 그렇게 외모부터 시작해 모든 부분에서 나처럼 되고 싶어 했다. 주변 소품부터 평소에 쓰는 필기도구까지 나란히 갖추고 있다.

여기까지는 흔히 있는, 언니를 좋아하는 여동생의 모습.

나는 카에데를 성가시다고 생각해 본 적도 없고, 오히려 이렇게까지 나를 사랑해준다는 것이 기쁠 정도였다. 엄마는 그런 나를 알고 있다.

엄마가 문제 삼은 것은 그 앞에 있었다.

공부에 성실하게 임한다. 카에데는 그런 나의 모습을 따라 해 공부는 항상 1등이었다. 예습만 제대로 하는 것이 아니다. 동급생을 제치고 아득히 먼 곳까지 나아가고 있었다.

한 학년의 공부를 마치면 다음 학년 공부를 시작한다. 모르는 것이 있으면 나와 엄마에게 물어본다. 아빠도 교육에는 비용을 아끼지 않았기 때문에 교재가 부족한 일은 없었다.

누구에게도 강요받지 않았는데 카에데는 공부만 했다. 놀고 싶은 마음이 대체 무엇이냐는 듯이. 마치 취미에 푹 빠진 사람처럼.

그리고 카에데는 초등학교 2학년이 되어,

"이제 언니랑 같이 공부할 수 있어."

사립 중학교 수험을 응시하고 있던 나를 따라왔다.

카에데는 공부가 재미있었던 것도, 배우는 것이 즐거웠던 것도 아니다. 단지 나와 같은 것을 하고 싶었을 뿐이다. 함께 하고 싶다는 동기만으로 따라잡았다. 그야말로 같은 시험을 치르면 내가 받지 못한 만점을 당연하게 맞을 정도로.

이 정도로 우수하다면 나를 제치고 더 앞으로 나아갈 수 있었을 텐데. 그러지 않았다.

카에데는 단지 나와 보조를 맞춰 함께 공부하는 것에 만족했을 뿐이다.

학력을 따라잡은 카에데는 시간이 많이 남았다. 그렇다면 다음에는 무엇을 했을까?

내 취미를 따라 했다.

장래에 파일럿이 되고 싶다, 과자 가게 주인이 되고 싶다며 모두가 손을 드는 그 옆에서, 그림을 그리는 사람이 되고 싶다고 어린 시절의 나는 말했었다. 그 정도로 그림 그리는 것을 좋아했다.

후미노 가문의 부친은 어디까지나 사장이었다. 그것을 목표로 삼을 수 없다는 것은 초등학교에 올라가기 전부터 받아들이고 있었다.

현실을 받아들였다고는 하지만 붓을 꺾지는 않았다. 취미로 하는 정도는 용서받을 수 있다고 생각하고 계속해 나갔다.

도구의 준비나 뒷정리를 생각해서 도달한 것이 연필화. 전문가라고는 할 수 없어도 나름대로 실력 있다는 자부심은 있었다.

얼마 전, 카에데와 똑같은 것을 그렸는데 아무 말도 하지 않고 친구들에게 비교하게 했다. 어느 쪽이 더 잘 그리는지 물었더니 내가 그림은 아무도 선택하지 않았다. 엄마에게 똑같은 일을 했지만, 결과는 변하지 않았다.

그렇게 카에데는 내 흉내를 내며 따라오는가 싶어도 반드시 한 발짝 앞서가는 것이다. 나를 제치고 나아갈 수 있음에도 앞으로 나아가진 않는다. 나와 같은 일을 하는 것을 목적으로 하기 때문이다.

세 살이나 떨어진 여동생에게 이런 식으로 재능의 차이를 보이고 있다. 엄마가 내 자존심을 걱정하는 것은 어쩔 수 없는 이야기였다.

"그거야말로 걱정할 필요 없어."

그래서 그것은 불필요한 걱정이라고 말했다.

"왜냐하면 카에데는 나를 앞지르고 싶은 게 아니야. 따라잡은 다음 같이 걷고 싶어서 열심히 한 거잖아. 그건 카에데가 나를 좋아한다는 아주 좋은 증거지? 그렇다면 그 결과가 기쁠지언정 부럽거나 질투 나지는 않아."

카에데에게는 악의가 없다. 나쁜 마음도 없다.

카에데가 만들어낸 결과와 성과는 자매애의 이상적인 형태인 것이다. 그 정도에 자존심이 상하고 열등감을 가질 정도로 내 여동생에 대한 사랑은 가볍지 않았다.

"내가 할 수 없는 걸 카에데가 할 수 있다. 그걸로 곤란한 일은 하나도 없어. 손해 보는 것도 없어. 여동생의 우수함을 비뚤게 보다니, 언니를 말하기 이전에 한 사람으로서

꼴불견이잖아."

"그래, 모미지의 생각이 맞아."

말과는 달리 엄마의 목소리에는 그림자가 드리워져 있었다.

"하지만 모미지는 '바른' 것에 너무 성실해서 걱정이야. 무조건 옳다고 자신을 눌러 죽이는 건 아닌지, 참느라 힘든 건 아닌지 걱정이구나. ……힘들면 무리하지 않아도 된단다."

엄마는 같은 말을 되풀이했다.

왜 그렇게까지 걱정하시는 걸까. 아이 나름대로 당시의 나는 알고 있었다고 생각한다.

자신을 눌러 죽이고, 참느라 괴로워하고, 그렇게 참고 쌓아둔 끝에 다다르게 되는 비극이 있다.

도망가고 싶어서 끝을 찾는 일까진 없다고 해도 괴롭기만 한 삶을 사는 것은 아닌가.

엄마는 내 행복을 바라고 있기에 지금의 삶이 힘들진 않을까. 힘들면 무리하지 않아도 된다고 말해주는 것이다.

엄마의 애정은 솔직하게 기뻤다.

"나는 말이야, 성실하니까 옳은 걸 고르는 거 아니야. 엄마의 딸로서, 카에데의 언니로서 가슴을 펴고 싶은 나로 있고 싶을 뿐이야. 그 결과 옳은 일을 하고 있을 뿐이지."

그렇다면 부끄러워할 때가 아니었다.

자신의 있는 그대로의 생각을 솔직하게 말로 전하기로
했다.

"두 사람 앞에서 가슴을 펴지 못하는 짓을 하는 게 나에
겐 더 참기 힘들고 괴로워. 그래서 성실한 게 나한테는 가
장 편안하고 즐거운 삶의 방식이야."

엄마가 우리의 엄마였기 때문에 나는 이렇게 자랄 수 있
었다.

여동생이 귀엽고 사랑스러웠기 때문에 훌륭한 언니라는
역할을 자신에게 부여했다.

이것은 전부 다 내가 정한 삶의 방식. 주어지고 요구되
는 방식에 따라 흘러간 결과가 아니었다.

다행히 나는 이런 삶을 살아갈 수 있는 능력과 환경을
받았다. 그렇다면 새삼스럽게 이런 편안한 삶을 포기할 이
유가 없다.

이렇게나 행복한 것이다. 나는 그것을 손수 버릴 만큼
자학적인 취미는 없다.

"정말 훌륭한 딸을 가져서 기쁘구나."

엄마는 근심이 사라진 듯 미소를 지었다. 그 보조개는
내 속마음에 그늘이 없다는 것이 제대로 전달되었다는 증
거였다.

"그렇다면 안심하고 카에데를 맡길 수 있겠네."

"말 뒤에 본인이 없어져도, 라는 말이 들리는 것 같은데."

밝은 목소리 사이에 숨은 이면을 깨닫고 미간을 좁혔다.

"……사실 시한부 선고를 받았다, 뭐 이런 소리 하는 건 아니지?"

"괜찮아. 요 10년 동안 감기 한 번 안 걸렸는걸."

"엄마…… 너무 심장 떨어지는 소리 하지 마."

"미안하구나. 하지만……."

엄마는 슬며시 TV로 눈을 돌렸다.

나오고 있는 것은 뉴스 프로그램. 어제 일어난 교통사고에 대해 보도되고 있다.

고령자가 운전하는 차량이 보도를 질주하며 신호대기 중인 보행자가 휘말렸다. 십여 명의 피해자를 낸 사건으로 아침에 봤을 때와 비교해 사망자 수가 두 명 늘어 있었다.

"요즘 세상에는 무슨 일이 있을지 모르니까."

엄마가 나에게 시선을 돌렸다.

"모미지는 혼자서도 잘 극복하리라 믿지만…… 카에데는 현실을 받아들이는 것만으로도 벅찰 테니까. 혼자 일어설 거라 기대하는 것 자체가 가혹할 정도로."

엄마는 걱정스러운 표정으로 슬며시 한숨을 내쉬었다. 한동안의 침묵 끝에 뜻을 굳힌 듯 고개를 들었다.

"아이한테 할 말이 아니라는 건 알지만…… 모미지도 아빠에 관해서는 잘 알고 있는 것 같으니까 말할게. 나에게 만약의 일이 생겼을 때, 카에데를 그 사람에게만은 맡기고 싶지 않단다."

"동감. 나도 아빠한테만은 카에데를 맡기고 싶지 않아."

힘차게 고개를 끄덕였다.

"그러니 안심해. 그땐 내가 제대로 카에데의 손을 잡아 끌어줄게. 엄마를 위해서만이 아니야. 내가 카에데랑 사이 좋게 걸어가고 싶어. 그게 내가 가장 잘사는 방법이니까. 이것만은 틀리지 않겠다고 약속할게."

"고맙구나, 카에데. 그때는 카에데를 부탁할게."

가슴을 펴고 있는 나를 향해 안도하듯 엄마는 미소 지었다.

"그래도 이것만은 기억하렴. 모미지가 힘들고 괴로운 것을 참아야 한다면, 차라리 카에데 일은 적당한 선에서 타협해도 된단다."

엄마는 표정을 바꾸지 않고 그렇게 말했다.

마치 무슨 일이 생겼을 땐 카에데를 버리라는 말처럼 들렸다. 카에데를 부탁한다는 말을 들은 뒤의 일이라 당황스러웠던 나는 눈을 동그랗게 뜨고 말았다.

"언니니까 여동생을 위해 참아라, 이런 말은 절대 하지 않을 거야. 무슨 일이 생겼을 때, 카에데를 위해 인생을 희생할 필요는 없어."

다만 그런 의미로 나온 말이 아니라는 것을 금세 알아차렸다.

"왜냐하면 나는 카에데 만큼이나 모미지도 행복했으면 좋겠거든."

엄마는 나를 카에데의 언니가 아닌, 자신의 딸로 생각하고 있다는 것을.

◆

그리운 꿈을 꿨다.

요즘 세상에 무슨 일이 있을지 모른다.

엄마가 갑자기 그런 얘기를 꺼낸 것은 어떤 불길함을 감지해서 그런 것일지도 모른다. 자신의 끝을 예견하고 있었던 것처럼, 그 말을 남기고 일주일 후 돌아오지 않는 사람이 되고 말았다.

"……음."

눈을 뜨니 거실 천장이 보였다. 자라온 집의 풍경은 아니다. 완전히 내 집처럼 익숙해진 도쿄의 맨션이다.

아무래도 소파에 몸을 던지듯 누워 있다 그대로 잠들어 버린 것 같다.

분명 이른 오후에 돌아왔는데 방에는 해가 비치지 않는다. 그만큼 오래 잠들어 있었나 보다.

푹 잤음에도 몸은 아직도 축 늘어져 있었다. 불 하나 켜는데 귀찮음이 느껴질 정도다. 귀가 후 옷도 갈아입지 않고 잠을 자서 그런 것이 아니다. 실버위크 내내 쌓였던 피로와 괴로움이 수면 한 번으로 회복될 만큼 약하지 않았던 것이다.

카에데가 가출을 했다. 그것도 5월 황금연휴에.

지금은 9월 하순. 무소식이 희소식이라고 믿으며 아빠도, 이소노 씨도, 그리고 나도 얼마 전까지 깨닫지 못했다.

집에 잘 돌아오지 않는 아빠에게도 이 사실을 알리자 돌아왔다. 스케줄을 전부 다 소화하고 온 것인지 오랜만에 얼굴을 마주할 무렵에는 날이 저물어 있었다.

아빠가 돌아오자마자 한 일은 "너는 잠깐 기다리고 있어라"라고 말하며 나를 거실에 놔두고 그때까지 남아 있던 이소노 씨를 돌려보내는 것이었다. 꽤 오래 기다려도 돌아오지 않았던 것을 보면 이런저런 이야기가 오갔던 것일지도 모른다.

거실 소파는 로우테이블을 둘러싸듯 L자로 배치되어 있다. TV와 마주 보는 형태로 나는 소파 가장자리에 앉아 그저 고개를 숙이고 있었다. 문이 열리는 소리가 나자 무릎위의 손에 힘이 들어가며 치마에 주름을 만들었다.

오랜만에 만난 딸 옆에 앉으려는 기색은 없다. 아니, 앉으려는 기색조차 없다.

고개를 들자 나와는 반대되는 소파 가장자리에 아빠가서 있었다. 팔짱을 낀 채, 성가신 문제에 직면한 사람 같은 표정을 짓고 있다. 도저히 딸을 걱정하는 아빠의 모습으로는 보이지 않았다.

"……왜 안 했어?"

그 거슬리는 표정에 내가 먼저 침묵을 깨버렸다.

"카에데가 집을 나갔을 때, 왜 연락을 한 번도 안 준 거야?"

원망스러운 마음이 내 미간에 주름을 만들었다. 그런 딸의 태도에 아빠는 위축되지도 않고 화를 내지도 않았다. 같잖다는 듯이 코웃음을 쳤을 뿐이다.

"이제 와서 그런 하찮은 이야기를 하는 의미가 있나?"

"하찮지 않아! 중요한 일이라고!"

"중요한 일이라고 하면서 결국 내 잘못이라고 비난하고 싶은 것뿐이겠지. 그런 걸로 녀석을 찾을 수 있다면 얼마든지 상대해 주겠지만…… 그게 과연 건설적인 이야기일까?"

시시하다는 듯 아빠가 내 말을 일축했다.

"그래, 그때 너한테 연락을 하지 않은 건 내 실수다. 그 잘못은 인정하지. 이걸로 됐나? 그렇다면 이제 앞으로의 방침을 이야기하고 싶은데."

잘못을 인정하긴 하지만 아빠는 조금도 주눅 들지 않았다. 딸의 방자함에 적당히 장단을 맞춰주는 듯한 행동이었다.

비난의 시선을 담아 아빠를 노려보았다. 아무 말 없이 그렇게 보고 있자 아빠가 어쩔 수 없다는 듯이 한숨을 내

쉬더니,

"모미지, 대학 생활은 재미있나?"

아무런 맥락도 없이 아빠다운 질문을 던져왔다.

"부모의 눈이 닿지 않는 곳에서 혼자 사는 생활. 깨끗한 집에, 먹고 지내는 것도 곤란하지 않지. 그렇기는커녕 유흥비 걱정조차 없는 대학 생활이다. 분명 즐겁고말고."

다만 그 목소리는 멸시에 가깝도록 차가웠다.

"카에데에 대해서는 새까맣게 잊을 정도로 말이지."

"……!"

상처를 찔러오는 말에 주눅이 들어 비명을 눌러 삼키듯 침을 삼켰다.

아픈 곳을 잘 알고 있는 아빠의 눈에는 모멸의 빛이 서려 있었다.

"모미지, 넌 왜 지금까지 카에데의 근황을 알려고 하지 않았지? 나한테 얘길 듣는 건 싫어도 이소노랑 연락 정도는 할 수 있었을 텐데?"

"그건…… 카에데가 잘 지내고 있을 거라 생각했으니까……."

힘겹게 말을 이어갔다.

"생각했으니까, 뭐?"

"내가…… 연락하면, 괜히, 어리광을 받아줄지도 모르니까……."

"모미지, 그건 지금 생각해낸 변명인가?"

몰아붙이려는 심산은 없다. 그저 의아함을 담아 아빠가 물었다.

"아니면 진심으로 그렇게 생각한 거냐?"

"……아니, 그건."

품평하듯 눈을 가늘게 뜨고 있는 아빠에게서 도망치듯 고개를 숙였다.

지금 돌이켜보면, 어째서 나는 진심으로 그런 것을 믿고 있었을까. 예전에 했던 내 판단을 이해할 수 없었고, 그것이 점점 내 대답을 변명으로 만들고 있었다.

분명 누가 들어도 내가 변명하는 것으로밖에 들리지 않을 것이다.

"믿을 수가 없구나……. 네가 그런 바보 같은 생각을 하고 있었다니."

아빠는 그것을 믿었다. 딸의 말에 거짓말은 없다고 아빠로서 판단한 것이다.

딸의 꼴사나운 모습을 앞에 두고, 자신의 눈을 의심하듯 천천히 고개를 젓는다.

"내가 카에데와 관계되는 것을 원하지 않지. 평소에 그런 태도를 보여 놓고 막상 집을 나서자 카에데의 근황을 알려고도 하지 않았다. 그래놓고는 잘도 뻔뻔하게 '너 혼자만 나쁘다'는 식의 태도를 보이는구나."

아빠는 어이없다는 듯이 내뱉는다.

"대학에 보내고 나서 가장 성장한 건 그 낯가죽인가 보군."

비웃지도 않는다. 그저 딸아이의 모습을 깔아뭉개고 있었다.

나는 연락하지 않았던 아빠를 탓할 자격이 없었다. 아빠가 하는 말은 실로 정확했고, 진리를 찌르고 있었다. 반대로 대체 무슨 낯으로 말하는 거냐며 내가 더 비난받아 마땅한 입장이었다.

그런데도 나는 꺾이지 않고 이를 악물며 노려보는 것을 멈추지 않았다.

"아빠…… 대단한 사람들이랑 연줄을 만들고 싶었나봐?"

연락을 게을리한 것에 대한 잘못은 전적으로 인정한다 해도, 여전히 아빠에게는 비난받을 일이 남아 있다.

"그걸 위해 카에데를 쓰려고 하다니, 딸을 뭐라고 생각하는 거야?"

"쓸데없는 짓을……."

아빠는 불편한 기색을 내비치며 작게 혀를 찼다.

쓸데없는 짓이라는 건 나에게 하는 말이 아니었다. 지금 막 돌아온 이소노 씨를 향한 것이었다.

입학 첫날 마음이 꺾인 카에데는 순식간에 원래의 일상으로 돌아가 버렸다. 학교에 가라고 아무리 말해도 반응 없는 카에데에게 화가 치민 나머지 아빠도 자포자기한 모양이었다.

"학교에 가기 싫으면 됐어. 하지만 공짜 밥벌레를 키운 적은 없다. 사회에 적응하지 못한다면 못하는 대로 제대로 도움이 되어라."

자랑스러운 딸이 되지 못한 카에데에게 새로운 역할을 요구해온 것이다.

24살 넘게 차이가 나는 상대에게 시집 보내겠다. 인연을 맺기 위한 도구가 되라고 카에데에게 말한 것이다.

가출의 발단은 이것이다. 그런 끔찍한 일을 정해버린 탓에 카에데는 이 집에서 도망친 것이다.

그 옆에 있진 않았지만, 아빠의 고함은 청소하고 있던 이소노 씨의 귀에도 확실히 닿았다. 그래서 카에데가 집을 나서기까지의 전말을 알려준 것이다.

"내가 카에데에게 그렇게 가혹한 요구를 했나?"

벌레를 씹은 듯한 얼굴로 아빠는 말했다.

"당연하지! 카에데를 무슨 도구처럼……."

"학교를 말하는 거다."

아빠가 내 말을 가로막았다.

"나는 너희에게 피를 토할 정도의 노력을 원했던 적이 없다. 성실하게 하기만 하면 보답받는다. 언제나 그 정도의 노력밖에 요구하지 않았지."

언성을 높이며 그런 말을 해봤자 자신이 벌인 일을 돌아보지 않고 자기변호에만 급급한 것으로밖에 들리지 않았다. 하지만 우리의 인식에 큰 차이가 없다는 것만큼은 확실했다.

자랑스러운 딸이 되라는 요구를 받아 오긴 했지만, 어울리지 않게 높은 요구를 받은 적은 없다.

"그 대학에 가라고 한 것도 너라면 어렵지 않을 거라 판단했기 때문이다. 변호사가 되라고 한 것도 가장 적합하다고 생각했기 때문이야. 그건 너도 납득한 일이지?"

목표로 해야 할 대학도 가야 할 직업도 아빠가 정한 것. 그렇지만 나 자신도 납득했던 진로였다.

대학은 아빠가 결정해주지 않았어도 같은 선택을 했을 것이다. 고민한 것은 학부 선택, 그 후의 장래였다.

사회적 지위가 높다는 조건 안에서 직업 선택의 자유가 있었다. 경찰이 되고 싶다면 국가 공무원 채용 종합직 시험을 응시할 수 있었을 것이다. 의사가 되고 싶다면 두말없이 찬성했겠지. 정치인이 되고 싶다고 하면 박수를 치며 기뻐했을 것이다.

축복받은 선택지일지도 모르지만, 고등학생인 나는 되고 싶은 것이 없어 고민해 왔다. 아빠에게 진로에 대한 질문을 받았을 때 그 사실을 솔직하게 전하자,

"그렇다면 변호사를 노려라. 그게 네 적성에 제일 잘 맞으니까."

깔끔하게 그렇게 결정되었다.

예상치 못한 일격을 받은 기분이었다. 회사를 이으라는 말을 들을 줄 알았는데, 그에 대해서는 아예 그럴 생각조차 없다고 했다.

아빠 왈, 반드시 그의 방식에 내가 반발할 날이 올 것이라고. 그렇게 됐을 때 회사는 분열된다는 것이다.

같은 조직에 몸을 담게 되면 거의 반드시 자신과 맞서는 적이 된다. 날 그렇게 평가한 아빠가 가장 적성에 맞는다고 판단한 직업을 반발 없이 받아들인 것이다.

"알고 있나? 게임기 하나를 사려고 하면 일반적인 가정은 특별한 날까지 참아야 해. 네가 원하는 것이 있을 때 나는 그런 걸 참게 한 적이 없다. 뭐든 다 제공해왔지."

그래. 나는 원하는 건 전부 다 받아왔다. 명품을 닥치는 대로 사는 건 아니더라도 가격표를 보고 옷을 산 적은 없다. 비싼 것도 굳이 조를 필요가 없었고 샀다는 보고조차 필요 없었다. 내 계좌에는 언제나 아이에게 어울리지 않는 숫자가 찍혀져 있었다.

"그렇게 해온 건 너뿐만이 아니야. 그 녀석에게도 똑같이 해왔다."

알고 있다. 그런 부분에서 아빠는 우리를 차별한 적이 없다. 아빠가 원했던 성과를 냈으니 카에데의 계좌에도 비슷한 숫자가 찍혀 있을 것이다.

"고등학교도 너와 같은 곳을 원했던 건 아니야. 원했던 건 너와 같은 대학에 가는 것이었지. 그게 가능했다면 고등학교 같은 건 어디든 상관없었어. 막말로 녀석이 처음 원하는 형태로 해줘도 상관없었을 정도다."

아빠는 못마땅하다는 듯이 얼굴을 와락 구겼다.

"남들과 제대로 된 교류도 못 하는, 그런 말도 안 되는 짓만 안 했다면 말이지."

이것도 아빠의 거짓 없는 진심이라는 것을 알고 있었다. 아빠가 신경 쓰고 있었던 건 고등학교 졸업 후의 일이다.

"그런 상태로 3년 동안 멋대로 하게 놔둔다면 대학에 붙는다고 해도 제대로 다닐 수 있을 리가 없어. 그건 너도 잘 알고 있었겠지?"

"그건…… 알고 있었지만."

"그렇게 만들지 않으려고 그 고등학교를 택했다. 네 여동생이라는 사실만으로 교사들이 잘 대해줄 테니까. 또 그렇게 될 수 있도록 너도 졸업 전에 언질을 줬겠지."

잠자코 나는 고개를 끄덕였다.

"만약 그 녀석이 괴롭힘을 당해서 교사가 도움이 되지 않는다면 나도 손을 쓸 생각이었다. 여차하면 변호사든 뭐든 고용해서 누구의 딸에게 손을 댔는지 일깨워줄 생각이었어."

거짓말은 아닐 것이다. 분명 아빠라면 그 정도는 해줬으리라.

소중한 딸에게 상처를 줬다는 분노가 아니다. 자신의 사회적 위상을 훼손한 것에 대한 분노다.

"하지만 그런 일은 일어나지 않았다. 반 아이들이 그 녀석과 사이좋게 지내려고 말을 걸어온 것뿐이야. 그때 자신들이 접근한 방식이 좋지 않았을지도 모른다면서 굳이 집에 사과까지 하러 와줬다잖아. 그 녀석은 그런 축복받은 환경을 아무 노력도 하지 않고 스스로 놔버린 거다. 그런 식으로 어리광만 부리고 있는 녀석에게 채찍질을 가한 게 뭐가 나쁘지? ……손을 대지 않은 협박이니 차라리 더 낫지."

제대로 된 정론을 늘어놓는 와중, 그제야 아빠는 거짓말을 하나 했다. 아니…… 이 거짓말을 하기 위해 본인은 틀리지 않았다는 말을 늘어놓은 것이다.

출석 일수 문제도 있으니 언제까지나 학교를 쉴 수는 없다. 단순한 협박이었다면 카에데가 집을 나간 시점에서 나와 연락을 취해 어떻게든 하려고 했을 것이다. 하지만 아빠는 그러지 않았다.

집을 나가면서 카에데가 남긴 쪽지의 존재를 알게 되자 아빠는 퇴학 절차를 밟았다. 카에데를 완전히 포기한 것이다.

"채찍의 방식은 좀 잘못됐을 수 있지만, 그렇다고 내가 터무니없는 걸 요구했나? 너처럼 되라고 요구한 게 아니야.

우선은 쉬지 않고 학교에 가라. 3년 동안 천천히 정신을 차려라. 내가 원했던 건 초등학생도 당연하게 할 수 있는 거였다."

왜 이렇게 간단한 것을 바라야 하는가. 아빠는 거기에 의아함마저 느끼는 것 같았다.

"그것을 제대로 해낼 수 있는 환경도 선택해줬다. 그것조차 싫다고 떼를 쓰면 나도 더는 방법이 없어. 아무리 혼내봐야 듣지도 않고, 조금만 위협하면 이렇게 도망가지. 아무것도 안 하고 불평만 하기 전에 어떻게 해야 했는지 좀 알려주지 그래?"

"……그건."

"알겠나? 카에데가 집을 나섰을 때의 대응에 대해 이러쿵저러쿵 논해봐야 이렇게 서로 책임을 전가할 뿐이야. 아무 의미가 없지. 그래서 처음부터 이런 얘기를 해도 소용 없다고 한 거다."

휘휘 내젓듯이 손짓한 아빠가 한심하다는 듯 코웃음 쳤다.

"우리가 지금 해야 할 일은 앞으로의 대응. 서로 제멋대로 움직이지 않도록 공통된 생각을 만드는 거다."

"공통된 생각이라니……? 경찰에 가기 전에 쓸데없는 말을 하지 않고 싶다는 거야?"

"거기서 이미 빗나갔군. 경찰에는 안 가."

"……아니, 잠깐만."

아빠가 한 말의 의미를 파악하지 못하고 그것을 저지하듯 손을 뻗었다.

"경찰에 안 간다는 게 무슨 소리야?"

"그 녀석이 집을 나간 지 몇 달이나 됐다고 생각하지? 이제 와서 경찰에 신고해 봤자 그놈 하나 때문에 배정될 인원은 뻔해. 시작이 가출이니 더 그렇지."

"그렇다고 신고를 안 할 수는……."

"이 정도 기간을 가출한 거다. 큰일로 번지면 그야말로 쓸데없는 소문만 무성해지지. 설령 찾았다고 한들 사람들이 앞으로 그 녀석을 어떤 눈으로 볼까? 그 녀석만 그런게 아니야. 너의 장래에도 영향을 미칠 거다."

담담한 태도를 보이려는 것 같았지만 아빠의 입은 점점 빨라지고 있었다. 딸을 걱정하는 것만 보면 초조함에 사로잡힌 아빠의 모습으로 보지 못할 것도 없었다.

"나는 아무래도 상관없어."

"5개월이다. 이렇게 오랫동안 가출을 눈치채지 못하고 행방불명이 됐던 거라고. 그 주어가 딸이냐 여동생이냐에 따라 주어지는 책임은 전혀 다르지."

하지만 그런 아빠가 아니라는 것은 알고 있었다. 걱정하고 있는 것은 우리가 아니라 자신의 장래였다.

말을 거듭할수록 말투가 강경해졌다. 침을 삼킬 때마다 불만이 쌓여가듯 초조함이 냉정함을 집어삼키고 있었다.

드디어 그것이 절정에 달했다.

"그런 추문을…… 세상에 드러낼 수 있을 리가 없잖아."

아빠는 오늘까지 쌓아왔던 속마음을 짓이기듯 내뱉었다.

"믿을 수가 없어……."

나는 천천히 고개를 저었다.

친딸이 종적을 감춰버렸는데 그보다 더 중요한 것은 세간의 시선. 이런 아빠라는 것은 오래전에 받아들였다고 생각했지만, 다시 한번 깨달았다.

우리는 이 사람에게 가족이 아니다. 단지 딸이라는 직책을 부여받은 사원이다. 부하들의 잘못으로 자신의 경력에 흠집을 내는 일은 없어야 한다. 그야말로 사원의 실수를 은닉하려는 사장 그 자체였다.

"이제 됐어."

이 사람에게 기대하는 것을 포기하고 나는 몸을 일으켰다.

복도로 이어지는 문에 손을 대자 뒤에서 목소리가 들려왔다.

"어딜 가는 거지?"

"당연한 걸 묻네. 경찰서에 갈 거야."

그런 것도 모르냐는 듯 대꾸했다.

아빠의 속마음은 알았다. 하지만 거기에 응할 생각이 없을 뿐이다. 사장님의 체면보다 여동생의 안부가 나에게는 더 중요하니까.

"모미지…… 내가 목표하는 곳이 어딘지는 알고 있겠지."

"정치에 관여하고 싶다고 했었나?"

아빠의 물음에 뒤돌아보지 않고 대답했다.

"그것을 위한 자랑스러운 딸. 중요한 사회적 지위였을 텐데…… 본인이 던진 채찍으로 경력에 큰 흠집이 나겠네."

"그래, 이게 큰일로 커지면 흠집이 나지."

들으라는 듯이 과장된 말투.

"그러니 만약 그렇게 된다면, 훌륭한 딸 따위 더는 필요 없겠지?"

오싹할 정도로 차가운 목소리로 아빠는 그런 선고를 내렸다.

"경찰이 운 좋게 그놈을 발견한다고 쳐. 그 뒤는 어쩔 거지? 나에게 의지하지 않고 지금까지와 다름없는 생활을 할 수 있을 것 같나?"

"……그때는 아르바이트든 뭐든 할 거야."

"타인과 제대로 된 교류조차 못 하는 짐을 떠안고 아르바이트로 생계를 유지하며 대학을 계속 다니겠다? 정말 아무 고생도 해본 적 없는 녀석이 할 법한 속없는 생각이군."

경멸하듯 쏟아지는 말에 기어이 뒤를 돌아보았다. 그곳에 자리한 표정은 비웃음이 아니라 진심 어린 모멸이었다.

"애초에 부모님이 건재한데 열아홉의 미성년자가 그 녀석의 보호자가 될 수 있을 거라 진심으로 생각하는 건가?

저들끼리 그렇게 멋대로 구는 걸 내가 허락할 것 같아?"

아빠는 느린 걸음으로 이쪽을 향해 걸어왔다.

"그걸 찾으면 어떻게 다룰지는 내가 결정해. 믿을 만한 상대에게 맡겨 갱생시킬 거다. 물론 그 장소는 네게 알려 줄 생각이 없고. ……그 뜻은 알고 있겠지?"

내 눈앞에서 걸음을 멈춘 아빠는 입꼬리를 치켜올렸다. 함축성을 띤 그 말투는 그게 싫으면 포기하라는 협박을 담고 있었다.

큰일로 만든다면 설령 카에데가 돌아온다 한들 원만하게 끝나진 않을 거다. 갱생이라는 건 허울뿐이고, 거기서 받는 대우는 단순히 불쾌하다는 말로 치부할 수 없는 수준이겠지.

딸을 인연을 맺기 위한 도구로 쓰려했던 아빠이니 그렇게 단언할 수 있는 것이다.

아빠에게 질세라 입을 열었지만 할 말은 아무것도 떠오르지 않았다.

이곳은 선악을 따질 수 있는 자리가 아니다. 규칙이나 도덕성은 필요 없었다.

언제나 그것을 성실하게 따라온 나의 손에는 아빠를 어떻게 할 수 있는 힘이 깃들어 있지 않았다.

그런데도 반항적인 시선을 계속 보내는 나에게 아빠는 마지막으로 밀어붙였다.

"다만 이번 일의 초동은 내 실수가 원인이다. 만약 큰일로 만들지 않고 그걸 찾아내기만 한다면 그 후의 취급은 네 마음대로 해도 좋아. 그걸 위한 돈은 내주마."

쓰는 것은 채찍뿐만이 아니다. 이번에는 사탕을 내밀어 왔다.

"네가 나에게 자랑스러운 딸로 있는 한은 말이야."

더 이상의 양보는 없다는 듯이 아빠는 잘라 말했다.

이런 일이 벌어져서 아빠의 속내는 카에데를 향한 분노로 사정없이 끓어오르고 있을 것이다. 그런데도 감정에 맡긴 대응을 하지 않고 최소한의 손실이 되도록 득실 계산을 마쳤다.

훌륭한 딸이라는 부하 직원을 얌전하게 만들고, 쳐내지 않아도 되는 거래를 이렇게 제안해왔다.

틀림없이 아빠는 사회적으로 잘못됐다. 비난받아야 하는 위치에 있다. 이런 건 분명 잘못됐음에도,

"알았다면 그걸로 됐어."

힘을 잃은 듯 문에 걸고 있던 손이 툭 떨어졌다.

결국 아빠의 뜻대로 된 것이다.

"오늘은 아무 일도 없었어. 그렇지?"

새삼스럽게 강조하듯 아빠가 말했다.

더는 목에서 아무 말도 나오지 않았다. 묵묵히 현관으로 이어지는 문을 양보하자 아빠는 흡족한 얼굴로 집을 나섰다.

이리하여 카에데의 가출은 우리 사이에서는 드러나지 않은 일이 되었다.

무소식은 희소식. 아빠는 지금까지처럼 카에데가 내 곁에 있다고 믿는다. 앞으로도 그렇게 생각하기로 한 것이다.

궁지로 내몰린 카에데는 어디로 도망쳤는가. 지금 있는 곳은 둘째치고 첫 번째 행선지조차 잡을 수 없었다. 알게 된 사실이라면 이틀에 걸쳐 ATM에서 저축액을 한도까지 인출했다는 것 정도. 돌아올 생각을 하지 않았다면 어디든 갈 수 있는 금액이었다.

방학은 카에데의 행방, 그 단서를 찾는 와중에 끝나버렸다. ……아니, 일찌감치 난관에 봉착한 탓에 그저 후회만 하면서 카에데의 방에 틀어박혀 있을 뿐이었다.

지금 이렇게 소파 위에서 멍하니 천장을 바라보고 있는 것처럼.

문득 마도카의 말이 떠올랐다.

『학교뿐만이 아니야. 여차했을 때 마지막에 울음을 터뜨릴 상대가 집에 없는 거잖아. 모미지치고는 너무 낙관적인 거 아냐?』

마도카 말이 옳다. 나는 틀렸다.

그 시점에서 움직였다 해도 결과는 바뀌지 않았을지도 모른다. 하지만 마도카가 말하기 전에 스스로 깨달아야 했던 사실이다.

무슨 일이 있으면 보고하겠지 하고 기다려서는 안 된다. 이쪽에서 알려고 했다면 결과는 달라졌을지도 모른다. 사실상 이소노 씨와 평소 연락을 주고받으며, 일주일에 한 번 정도 근황 보고를 요청하는 것은 어려운 일도 아니었다.

아빠 말이 맞았다. 나는 그런 최소한의 일조차 게을리해 온 것이다.

애초에 나는 치명적인 실수를 하고 말았다.

내가 집을 떠난 시점에서 카에데에게 무언가를 말할 수 있는 사람은 한 명밖에 남지 않았다. 되도록 그 기회를 없애기 위해 늘 그 사이에 있었다고 생각했는데.

"미안…… 엄마."

그것이 너무 당연해져서, 그것을 시작한 이유를 까맣게 잊고 있었다.

"내가 가장 해선 안 되는 일을…… 해버렸어."

하필이면 카에데를 아빠에게 맡기는 상황을 만들고 만 것이다.

대학 진학에 있어서 그 집을 떠나는 것은 피할 수 없는 일이었다. 그렇다면 그 전에 카에데의 문제를 어떻게든 해결했어야 했다.

나는 약속했으니까.

『그러니 안심해. 그땐 내가 제대로 카에데의 손을 잡아 끌어줄게.』

하지만 나는 틀렸다. 돌이킬 수 없을 정도로 큰 실수를 저지르고 말았다.

그때 만약 그랬다면?

이때 만약 이랬다면?

어떻게 하면 카에데를 올바르게 이끌 수 있었을까. 이렇게 된 지금에 와서도 구체적인 방안은 전혀 떠오르지 않았다. 그것이 면죄부가 되지 않는다는 것도 잘 알고 있다.

"어떻게 해야 했던 걸까……."

카에데의 문제를 어떻게든 할 수 있었던 사람은 자신뿐이다.

엄마가 없는 이 세상에서 카에데의 미래를 생각하고 움직여줄 수 있는 사람은 나 하나뿐이었는데. 그 방법이 아직도 떠오르지 않았다. 더는 어떻게 해야 할지조차 모르겠다.

자신의 무력함을 절실히 느끼면서, 자연스럽게 이 손은 스마트폰으로 향하고 있었다.

해결책 따위는 바라지 않았다.

"……카에데가 가출했어."

지금은 누군가에게 의지하고 그저 푸념을 내뱉고 싶었다.

"어떻게 하면 좋지……."

제5화 신은 거짓말쟁이라는 것을 알고 있다.

『다들 하는 일이니까.』

『한 번 시도해 보는 것뿐이니까 괜찮아.』

모든 것은 그런 가벼운 호기심에서 시작한 일이었다.

기회가 되면 할 수 있지만, 마음만 먹으면 언제든지 멈출 수 있다. 그렇게 자기 자제심을 과신하고 있었다. 그것이 늘 손이 닿는 곳에 있는 것은 아니었기 때문이다.

그러던 것이 지금은 항상 이 지붕 아래에 있다. 쉽게 손 닿을 수 있는 곳에 있기 때문인지 눈에 들어오면 손을 뻗게 된다.

더는 본인의 의사로 그것을 멈출 수 없게 되고 만 것이다.

그래서 지금도 이렇게 그걸 손에 들고 있다.

그것은 코로 흡입하여 마시는 타입이다.

침대에 누운 채 양손에 든 그것을 얼굴에 가져갔다. 기분 좋은 보드라운 감촉과 편안한 온도는 그 자체로 중독성이 있었다. 뇌 속에 옥시토신이 분비되는 것을 느꼈다.

진짜는 여기서부터다.

얕고 짧게 들이마실까, 아니면 심호흡하듯 깊게 들이마실까. 고민 끝에 오늘은 후자를 택했다.

콧구멍을 간지럽히고 폐 속을 채우는 그것은 본래 무취다.

하지만 대체할 수 없는 이 향기를 뭐라고 표현해야 할까. 애초에 유일무이한 것이라면 무언가로 대체하여 표현하는 것 자체가 모독적 행위일지도 모른다.

그렇다면 그저 행복해지는 냄새로 좋지 않을까. 뇌 속이 행복감에 감싸여 모든 일들이 아무래도 상관없게 느껴졌다.

마치 꿈만 같았다. 이 행복에서 깨어나고 싶지 않다고 본능이 외치고 있었다.

언제까지나, 언제까지나 이렇게 계속 들이마시고 싶어.

대체 얼마나 오랜 시간 그것을 마셔댔을까. 시간 감각조차 모호해질 무렵.

"야옹."

그만 꿈에서 깨어나라는 듯이 소리가 울려 퍼졌다.

그것을 들어 올리자 가늘어진 두 눈이 이쪽을 내려다보고 있었다. 무언가를 호소하는 듯한 그 눈동자는 어딘가 나른해 보였다.

"꽤나 즐거워 보이는구나."

머리 위에서 떨어진 소리에 몸이 움찔하며 그대로 얼어붙었다.

내가 계속 괴롭히던 그것이 갑자기 인간의 언어를 말해서 놀란 것이 아니다. 아무리 원한다 해도 그것은 야옹에 준하는 소리밖에 내지 않았기 때문이다.

끼긱거리는 소리를 내며 고개를 옆으로 기울였다. 그곳

에는 낯익은 정장 차림의 집주인이 인상을 찡그린 채 입을 떡 벌리고 있었다.

수치스러운 모습을 보인 것에 얼어붙었던 몸이 녹듯 단숨에 열이 뺨까지 올라갔다.

"저기, 어, 어, 어…… 어서 오세요."

"뭐 하는 거야, 너."

인사말에 그대로 넘어가지 않은 선배는 어이없다는 투로 말했다.

범행 현장을 목격당했다. 선배 침대 위에서 벌인 일은 그 어떤 변명을 해도 발뺌할 수 없었다.

"쿠로스케를…… 마셨습니다."

체념한 나는 순순히 자백했다.

내가 하고 있던 것은 현대의 합법 드러그라고 이름난 고양이 냄새 맡기. 방식은 단순하다. 얼굴을 고양이에 파묻는 것뿐이다. 그것만으로 순식간에 행복감에 휩싸인다.

쿠로스케의 배는 최고다. 푹신한 털 안쪽으로 퍼지는 따끈따끈한 감촉. 만약 죽는 방법을 택할 수 있다면 쿠로스케의 배에 잠식당하고 싶다. 아무리 나쁜 짓을 해도 분명 천국에 갈 수 있을 것이다.

"엄청나게 민폐라는 얼굴을 하고 있군."

"헉?!"

감정이 담긴 지적에 화들짝 놀랐다. 옳다고 믿어왔던 행

동이 독선적인 악행이라는 통보를 받은 기분이었다.

쿠로스케에게 얼굴을 돌리자 그 눈은 변함없이 가늘게 뜨여 있었다.

"쿠로스케…… 민폐, 아니지?"

"야—옹."

조심스레 묻자 쿠로스케의 울음소리는 평소보다 낮았다. 나를 항상 긍정적으로 받아들이는 명랑함은 아니었다.

우리 사이에는 유대감이 있다. 비록 말은 통하지 않아도 마음은 이어져 있기 때문에 쿠로스케가 하고 싶은 말은 언제나 알고 있다고 생각했다.

고양이 냄새 맡기를 한 후 늘 보여주는 나른한 눈동자. 끝난 뒤에는 늘 제단에 몸을 둥글게 말고 있기에 분명 졸린 얼굴이라고 믿어왔는데.

믿어왔던 것이 무너져 내리려는 상황에…… 마지막 희망을 걸었다.

"쿠로스케…….."

분명 민폐는 아닐 것이라고 자신을 타이르며 천천히 쿠로스케를 내리려는데,

"냐앙."

찰싹, 하고 쿠로스케의 앞발이 제동을 걸듯 코끝에 닿았다.

내 손에서 도망치려고 몸부림치는 것처럼 쿠로스케가

몸을 떨었다. 손을 떼자 마치 마지막 인정이라는 듯 쿠로스케의 배가 내 얼굴 위로 떨어졌다. 그대로 침대를 내려온 쿠로스케는 재빠르게 방을 빠져나갔다. 상의류를 의자에 걸쳐둔 선배 역시 그런 쿠로스케를 따라갔다.

"쿠로스케, 민폐였구나……."

방에 남겨진 나는 혼자 그렇게 슬픔에 잠겨 있었다.

◆

이번 주는 야근 주간이었다.

정시 이후 한 시간 이내에 돌아갈 수 있었던 것은 월요일뿐. 최소 4시간은 야근이 계속되는 신세가 되고 말았다.

올해가 끝나기 전까지 2주 남았다.

누구나가 바쁜 연말이라고 불리는 만큼, 지난 1년 중 가장 많은 야근을 하고 있었다. 특히 금요일은 그것이 더욱 심해 가미의 가게를 나올 무렵에는 날짜가 바뀌어 있었다.

레나에게는 먼저 자라고 미리 연락은 해두었다.

이미 밤늦은 시간이다. 레나가 자고 있을 것이라는 생각에 최대한 소리를 내지 않고 집으로 들어갔다. 거실에는 작은 전등 하나 켜져 있지 않았지만, 자기 방과 이어져 있는 미닫이문 틈새로 희미한 빛이 새어 나오고 있었다.

뭐야, 안 자고 기다린 건가.

부지런하게 이런 시간까지, 라고 생각한 것은 미닫이문을 열기 전까지.

남의 침대 위에 누워 얼굴 위에 쿠로스케를 얹고 있는 레나가 기다리고 있었다.

나의 귀가를 가장 먼저 알아차린 쿠로스케는 얼굴을 돌려 짧게 "냥~"하고 울었다. 그 얼굴은 어딘가 귀찮아 보였고, 이 녀석 좀 어떻게 해달라고 호소하는 것만 같았다.

해방된 쿠로스케를 뒤쫓듯이 나도 방을 빠져나갔다.

샤워하고 돌아오자 책상에는 금요일의 루틴인 꿀레몬수가 놓여 있었다. 평소였다면 함께 방에 남아 있었을 레나도 일찌감치 자기 방으로 들어간 것 같았다.

내가 돌아온 것을 기척으로 알아차렸는지 의자에 앉음과 동시에 핸드폰 알림이 울렸다.

『이번 주도 수고.』

화면 너머로 위로의 말을 건네는 평소 상태의 레나.

"그래. 아까 그건──."

『이번 주는 계속 늦게까지 야근이었네요.』

살짝 놀리려는데 또 알림이 울렸다. 이야기가 다시 돌아가지 않도록 대답을 하기도 전에 보낸 거겠지.

『역시 연말은 바쁜가요?』

"딱히 그렇지도 않은데."

이렇게까지 필사적으로 나오면 어쩔 수 없지. 화제를 바꿰주기로 했다.

"이번 주부터 신입을 좀 돌봐주게 됐거든."

『신입 문제였군요. 그렇게나 힘든가요?』

"힘들다기보단 시간을 빼앗기는 게 크지."

『시간을 빼앗긴다?』

"그래. 그 녀석한테 시간을 할애하는 동안은 내 일을 할 수가 없잖아. 진행되지 않은 만큼 누가 대신해주면 좋겠지만 그럴 수도 없지. 근무 시간 안에 끝내지 못한 부분은 야근으로 커버할 수밖에 없다는 거야."

『그건 차라리 없는 게 나은 수준 아닌가요?』

"뭐. 맞아. 지금의 신입은 없는 편이 차라리 나은 레벨이지."

그런 토쿠다라도 할 수 있는 일을 자신에게 할당된 작업에서 굳이 만들어야 했다. 스스로 손을 움직이면 그런 생각을 하는 시간에 끝낼 수 있는 일을 말이다.

"구구단도 못 하는 녀석한테 갑자기 인수분해나 방정식 같은 걸 시킬 순 없잖아?"

『그건 그렇죠.』

"확실히 지금은 전력이 되기는커녕 발목을 잡는 정도야. 하지만 그런 식으로 작은 것부터 차근차근 알려주는 게 사람을 키운다는 거지. 지금은 방해가 되더라도 1년 후에는 편안하게 해줄 거라고 믿어."

잘 생각해보니 나도 1년 뒤를 기대받으며 이 회사에 들어온 것이었다.

후배를 키우는 데 드는 것은 회삿돈만이 아니다. 이렇게 해서 내가 야근을 하게 된 것처럼, 교육 담당의 시간도 할애된다. 할애된 시간만큼 본래의 일이 줄어드는 것도 아닌데 말이다.

교육 담당이 보답받는 순간은 그 신입이 훌륭한 전력이 되었을 때다.

교육 담당이 허무해지는 순간은 그렇게 되기 전에 그만 뒀을 때다.

일이 끝나지 않는다면 야근을 할 수밖에 없고, 그래도 부족한 부분은 시간 외에 공부할 수밖에 없다.

아무리 애지중지 키우더라도 그것에 싫증이 나 도망치는 일은 드문 일이 아니다. 그것은 이 업계에 국한되지 않고 어떤 장소에서도 일어날 수 있는 리스크였다.

그렇기에 업계 미경험자의 교육 담당은 우리 부대에서는 아무도 하고 싶어 하지 않는다.

『그럼 선배는 조커 카드를 강요당한 건가요?』

"아니, 카타기리 씨…… 우리 쪽 리더가 처음엔 떠맡았는데, 화요일부터 내가 맡게 됐어."

『그건 또 왜요?』

"내가 막내니까. 팀 전체를 생각하면 제일 효율적이지."

맨 위 사람의 시간을 빼앗을 바에야 맨 아래 사람의 시간을 쓰는 것이 효율적이다. 그런 사실은 누가 봐도 알 수 있다.

알고 있었다면 처음부터 그렇게 하라는 말을 들을지도 모른다. 하지만 또 그런 말을 듣지는 않아도 되는 것이 딱 적당하게 쌓아온 나의 직장 내 포지션이다. 자신에게 할당된 일만 제대로 해내면 모두가 바빠 보이는 와중에도 "그럼, 먼저 실례합니다"라고 말하고 가도 아무도 나무랄 수 없다.

밑바닥 사회인의 월급이 낮은 비밀은 여기에 있다.

그런 내가 신입 교육을 자청한 것은 오로지 무카이 씨에게 잘 대해주라는 부탁을 받았기 때문이었다. 예전의 무카이 씨처럼 해줄 수 있는 것은 그 직장에서는 나 정도일 테니까.

토쿠다의 장래와 의욕과 노예근성을 내다보고 교육 담당을 맡기로 한 것이다.

참고로 카타기리 씨는 기꺼이 토쿠다를 넘겨주었다. 다음에 점심으로 초밥을 사준다고 했다.

"게다가……."

맡은 것엔 또 다른 이유가 있었다.

무카이 씨의 이야기를 듣고 조금 정도는 영향을 받은 것이다.

"크리스마스를 위해, 조금은 벌어둬야지."

"윽……."

생각지도 못한 말인지 미닫이문 건너편에서 수줍은 듯한 목소리가 들려왔다.

크리스마스까지 일주일이 채 남지 않았다.

레나가 이 집에 온 이후로 줄곧 집안일을 맡겨왔다. 그때까지는 부엌칼 하나 들어본 적이 없었던 아이가 이제는 퇴근 후 따뜻한 식사를 만들어주고 있다. 집은 언제나 청결하고 구김 하나 없는 와이셔츠에 몸을 감싸는 것은 무척 기분 좋다.

자신을 이 집에 두는 것이 얼마나 위험한지. 그것을 알고 있는 레나로서는 이 정도는 당연하다고 말할지도 모른다.

그렇다 해도 역시 감사했다. 일전에 꼴사나운 모습을 보여버린 것도 있으니 조금 정도는 노력해두고 싶었다.

즐거운 추억이 될 수 있는 날을 보내준다면 그것으로 충분하다. 그야말로 자신의 즐거움은 생각하지 않을 정도로.

그래서 크리스마스 밤의 일은 머리에 들어 있지 않았다.

"다음 주가 기대되네."

『그러게요.』

한편 당사자는 그것을 확실하게 인식하고 있었는지, 과거의 나처럼 그 말을 보내는 것만으로도 한계인 것 같았다.

◆

"그럼 타마치 씨, 먼저 실례할게요."

"오, 수고했어."

주 초반의 월요일. 평상시와 다름없는 야근이다.

돌아볼 때마다 꾸벅꾸벅 고개 숙이며 환한 얼굴을 보여준 토쿠다는 귀가했다. 이것으로 이제 실내에 나 혼자만 남게 되었다.

사무실에 혼자 남겨진 것은 얼마 만일까.

과거, 혼자 야근한다는 것은 능력 부족으로 일을 끝내지 못했다는 것을 의미했다. 하지만 이번에는 아니다. 신입의 뒤처리를 해주느라 부족해진 시간을 보충하기 위해 야근을 하고 있었다.

결국 하는 일은 같은 야근이지만 아무도 없는 공간을 보니 차라리 마음이 편안했다. 그렇게 생각하게 된 것만으로도 사회인으로 성장한 것일지도 모른다.

남의 눈이 없다고는 해도 야근을 굳이 질질 끄는 나쁜 버릇은 없다. 10시 반을 목표로 마무리를 예상하고 손을 멈추지 않고 움직였다.

낮의 기본 환경음인 한숨과 혀 차는 소리는 없다. 그 대신 에어컨이나 컴퓨터 팬 소리가 유난히 크게 울렸다. 그것마저도 신경이 쓰이지 않게 되고, 겨우 마무리가 지어져

기지개를 켜는 순간,

"열심히 하네."

등에서 들려온 목소리에 흠칫 놀랐다.

모니터에서 고개를 들자 맞은편 사선에 상사가 서 있었다.

"……사사키 씨였군요. 놀랐어요."

"별일이군. 네가 이런 시간까지 혼자 남아 있다니."

"제 말이 그겁니다. 제 일이지만 저도 놀라워요."

"이제 끝난 건가?"

사사키 씨가 모니터로 눈을 돌렸다.

오늘 야근은 이게 끝이냐고 묻는 것 같았다.

"오늘은 여기서 이만 문 닫습니다."

"그럼 마침 잘됐군. 한 시간만 더 야근하고 가지 않겠나?"

사사키 씨는 말하자마자 웃음이 터질 뻔한 것을 참았다.
순간적으로 나온 내 떨떠름한 얼굴이 재미있었나 보다.

예상대로 지금은 10시 반이다. 거기서 또 한 시간이나
야근하면 집에 도착할 무렵에는 날짜가 바뀌어 버린다.

주초부터 너무 애쓰는 것은 정신 건강상 좋지 않았다.

애초에 무엇을 한 시간이나 더 해야 하는가.

의아해하고 있는데 사사키 씨가 말을 이었다.

"그거 아나, 타마치?"

"뭐가 말이죠?"

"야근 수당 받으면서 마시는 술은 아주 달지."

"자아, 그럼 조금 더 분발해 볼까."

캔 따는 시늉을 하는 상사의 부탁이다. 기꺼이 받아들이기로 했다.

컴퓨터 전원을 끄고 남은 건 겉옷을 걸치고 돌아가기만 하면 된다. 그 준비까지 마치자 사사키 씨가 비닐봉지를 한 손에 들고 돌아왔다. 아래에 있는 편의점에서 쇼핑하고 온 것이다.

사사키 씨는 옆 데스크에 앉더니 은색 롱캔을 내밀었다.

"수고했어."

"수고하셨습니다."

건배한 캔을 들이키고 단숨에 반 정도 비웠다.

"크하~."

"어때, 맛있지?"

"지금 이 순간 야근비가 발생한다고 생각하니 최고로 맛있네요."

몸을 떨 정도로 맛있게 마시는 나를 보며 사사키 씨가 히죽 웃었다.

가장 맛있는 술은 가미 가게에서 나오는 공짜 술이다. 하지만 이 세상엔 위에는 더 위가 있었다.

설마 세상에 마시기만 해도 야근비가 발생하는 술이 있었을 줄이야.

세상은 아직도 내가 모르는 세계로 가득 차 있다.

"그러고 보니 바로 퇴근하신 게 아니었네요."

한숨 돌린 시점, 사사키 씨가 업무 시작 때부터 없었다는 사실을 떠올렸다.

"일주일째 이쪽을 비웠으니까. 확인하고 싶은 것도 있어서 들렀어."

"벌써 이런 시간인데. 내일 해도 되는 거 아닌가요?"

"어차피 돌아가도 할 일은 이거니까."

사사키 씨가 캔을 강조하듯 흔들었다.

"이번 출장은 꽤 길었던 것 같던데요."

"이번에는 힘들었지."

"그 정도였나요?"

"가고 싶었던 가게가 임시 휴업이었거든. 덕분에 징기스칸을 못 먹었어."

정말 심각한 표정을 짓고 있었기에 책상에 붙어 있던 팔꿈치가 미끄러질 뻔했다.

출장을 갈 때의 사사키 씨는 그 지역의 명물 이야기를 한다. 이번에는 홋카이도로 날아갔는데 아무래도 원했던 것을 찾지 못한 것 같다.

"그러고 보니 토쿠다의 교육을 맡았다던데."

출장 이야기를 일찌감치 끝낸 사사키 씨가 말을 이었다.

토쿠다의 교육을 맡은 것은 사사키 씨가 출장을 간 이후부터다. 돌아오고 나서는 한 번도 그 이야기를 하지 않았는데, 이미 카타기리 씨 쪽에서 보고를 올려둔 것 같았다.

"그런 짓을 하면 이렇게 될 걸 알았을 텐데. 그 타마치가 무슨 바람이 불어서 그랬지?"

"그냥 야근비가 좀 필요한 것뿐이에요."

"뭐야, 야근비를 노린 거였냐?"

"이번 달은 좀 필요해서요."

"그러고 보니 이번 주는 유급을 받았었지?"

"유급은 제대로 소화하지 않으면 상사 사사키 씨한테 혼나니까요. 못난 부하로서 최소한의 의무는 다해야죠."

"그래, 그래."

사사키 씨는 부하의 마음 씀씀이에 만족스러운 듯 고개를 끄덕였다.

"타마치."

"네?"

"여자가 생겼구나."

"……윽."

그리고 찌르지 말아줬으면 하는 급소를 푹 찔러왔다.

아무렇지도 않은 얼굴로 흘려넘기고 싶었는데 방심하고 있었다. 거울 같은 것을 보지 않아도 완전히 경직된 표정을 짓고 있을 것이다.

지난주에도 이런 비슷한 짓을 했던 것 같은데.

"무카이 씨도 그랬지만, 그렇게 단순하게 여자가 생겼다는 말로 연결하는 건 좀 아닌 것 같습니다."

사사키 씨를 시야의 끝에 담은 채 맥주를 마셨다. 이미 늦었다는 건 알지만 지금은 히죽거리는 그 얼굴을 정면으로 마주하고 싶지 않았다.

"그걸 위한 야근비와 크리스마스 유급 아닌가?"

"아뇨, 그러니까…… 좀 더 다른 이유도 많잖아요."

"무카이한테는 뭐라고 답했는데?"

"……마음에 든 렌탈 여친을 위한 거라고요."

"실제로는 어떻지?"

"진심으로 애정하는 스트리머의 크리스마스 방송에서 후원하기 위해서입니다."

"그럼 그렇다고 해두지."

사사키 씨는 재밌다는 듯 어른의 대응을 보여주었다. 지난주에도 그랬지만 볼썽사나운 변명을 안주 삼아 마시는 술은 역시 맛있어 보였다.

왜 사람은 같은 실수를 반복하는가? 과거로부터 아무것도 배우지 못한 자신의 우행에 한 손으로 얼굴을 가렸다.

"……그래. 무카이를 만났구나."

감회 깊은 얼굴로 사사키 씨가 말했다.

"지난 월요일 퇴근길에 우연히 역에서 마주쳤습니다."

"그래서 갑자기 토쿠다를 돌봐주겠다고 나선 건가?"

"참, 무카이 씨에 대해 왜 처음부터 말씀 안 해주셨나요?"

"어느 쪽을 말이지?"

"어느 쪽이냐니…… 아."

등받이에 체중을 맡기고 천장을 올려다보며 신음했다.

당연히 토쿠다의 일을 말하는 것이다. 그럴 생각이었는데 알려줬으면 했던 게 하나 더 있었던 것이다.

"우선은 토쿠다를 말한 겁니다."

생각 끝에 직접 관련된 것부터 물었다.

"무카이 씨의 소개라는 걸 알았다면 다들 좀 더 상냥하게 대해줬을 텐데요."

"그만둔 녀석의 후광은 일을 복잡하게 만들 수도 있으니까. 본인의 의향도 있어서 일을 배울 수만 있다면 배려는 필요 없다고 했다는 것 같아."

무카이 씨 이름이 가진 영향력은 아직 건재하다. 교육 담당이 불편해할지도 모른다고 우려한 것도 이해가 갔다.

"그렇군요. 사사키 씨 나름대로 생각이 있을 거라 느끼긴 했어요. 아직 카타기리 씨에게도 말하지 않았고요."

"뭐, 이제 말해도 상관없는 일이지만."

"어, 괜찮나요?"

"무카이에게 배운 너라면 쓸데없는 배려는 하지 않을 테니까."

"노예근성은 갖추고 있는 것 같으니까요. 야근이 괴로워 그만둘 걱정이 없는 건 안심이죠."

"그렇군. 네가 그렇게 말한다면 이쪽도 안심이야."

"뭐, 가장 큰 안심은 무카이 씨의 친척이라는 보증이지만요."

목을 축일 만큼만 캔을 기울인 뒤 다음 이야기로 넘어간다.

"무카이 씨가 결혼한 건 언제부터 알고 계셨나요?"

"뭐야, 궁금하냐?"

"그야 신세를 졌던 분이니까요. 그 정도는 알고 싶었어요."

"결혼할 때가 가까워졌으니 더 그런 거겠지."

놀리는 듯한 사사키 씨의 목소리가 맥주의 쓴맛을 열 배로 부풀렸다.

이건 모종의 갑질에 저촉되는 짓이 아닐까. 고소당할 만한 안건이다.

"사사키 씨에게는 가까운 이야기가 아닌가요?"

제삼자로서 개입하는 것은 포기하고 정면으로 맞서기로 했다.

입 밖에 내고 나니 상사에게 너무 무례한 말투가 아닌가 생각했는데, 불쾌한 기색은 보이지 않았다.

"지금은 연이 없는 얘기지."

사사키 씨가 깊은 울림을 담아 대답했다.

예전에 나는 연인의 유무를 추궁당했을 때 순간적으로 "지금은 없다"라는 상투적인 표현을 써버렸다. 사사키 씨의 '지금은'에는 그런 거짓된 강함이나 허세가 느껴지지 않았다.

"옛날에는 가까운 이야기였나요?"

"이래 봬도 옛날에는 인기가 많았어."

그 말을 듣고 사사키 씨를 빤히 바라보았다.

희끗희끗한 머리에 검은 뿔테 안경. 아무리 좋게 봐도 재미를 찾아보기 어려운 중년 남성이지만 얼굴 부분만큼은 깔끔했다.

"얼마나 인기가 많았는데요?"

"20대 초반까지 10명과 사귀었었지. 연인을 만드는 데 곤란했던 적은 없어."

"말도 안 돼……."

실례일지도 모르지만, 의외의 여성 편력이다.

"그 이후로는요?"

"제로다."

"제로?"

"더는 상대를 만드는 건 그만뒀어."

사사키 씨의 눈에는 피로의 빛이 떠 있었다.

"멈췄다니…… 여자의 흉한 모습을 계속 봐와서 질리기라도 한 건가요?"

"그렇지. 딱 맞는 표현이야. 보기 흉한 여자의 감정에 휘둘리기만 했어. 더는 안 되겠다 싶어서 결혼을 포기했지."

"그렇게 심했나요? 역대 여친들이."

"아니, 다 좋은 애들이었어. 정말이지 나한테는 아까울 정도로."

"그럼 누구한테 휘둘린 건데요?"

"모친."

농담처럼 넘기기 위해 밝은 목소리를 내고 있었지만 사사키 씨의 표정에는 유쾌함이라곤 눈을 씻고도 찾아볼 수 없었다.

"내가 여자를 만들면 언제나 미친 사람처럼 소동을 부렸지. 처음에는 내가 포기했었는데, 몸이 커지니 대항할 수 있게 되더군. 반항적인 태도로 내가 포기하지 않는다는 걸 알게 되자 여자친구 쪽에 압력을 가하게 됐어."

"위험한 부모네요."

"정말 위험하지. 아무리 몰래 사귀어도 상대방 직장까지 들켰으니까. 깨닫고 나면 이미 일이 다 벌어진 뒤였지."

그때의 모친을 상상했다. 아들 본인도 의지를 꺾지 않고, 여자친구에게 패악을 부려도 헤어지지 않는다. 그래서 그 관계자에게까지 손을 뻗쳤다.

상대의 직장까지 들켰다. 그렇게 말한 것은 분명 상대방 직장에까지 들이닥친 적이 있다는 뜻이었겠지.

"아들한테 여자친구가 생기는 걸 왜 그렇게 못마땅해한 건가요?"

"공들여 만든 자랑스러운 아들을 다른 여자한테 뺏기는

게 마음에 안 들었던 거야. 여자의 질투지."

"아들을 상대로요?"

"아들을 상대로."

자조하듯 웃는 사사키 씨의 눈동자에는 이 얼굴이 어떻게 비칠까. 뱃속에 쌓인 감정은 그저 불쾌함뿐이었다.

사사키 씨는 자신을 내세우는 것도 아니고 교만한 소리를 한 것도 아닌, 그저 자랑스러운 아들이라고 했다. 좋은 대학을 나왔고, 이전 회사는 졸업 직후 들어간 일류 기업이다. 세상에 자랑할 만한 아이였던 것은 사실이었을지도 모른다.

남편을 잃은 뒤 아이에게만 넘성을 쏟아부은 임마였을 것이다. 그 애정이 어디선가 비뚤어지고 말았다. 아들을 이성으로 보지는 않더라도 자기 아들을 다른 여자에게 빼앗기는 것은 용납할 수 없었던 것이다.

"그렇게 내가 여자 만드는 걸 포기하고 집을 나가지 않게 된 걸 기뻐한 것도 내가 서른이 넘을 때까지였지."

"심경의 변화라도 있었나요?"

"좋은 대학을 나오고 좋은 회사에 다니는 자랑스러운 아들. 지금까지 자랑하던 아들이, 주변과 비교하자 그 나이대에 갖지 못한 것이 있다는 걸 깨달은 거지."

"설마……."

"형제에게 손자가 태어났다. 네 결혼은 아직이냐, 라고 말하기 시작했어.”

"……실례되는 말 좀 해도 될까요?”

"좋아. 편하게 해.”

"사사키 씨 부모는 얼마나 염치가 없는 거죠?”

"그래, 염치없는 부모지.”

인생에서 미친 듯이 빼앗아대던 것을 어느 날 갑자기 너
도 가지라고 한다. 그때의 사사키 씨의 마음을 상상하자
속이 부글부글 끓어올랐다.

"처음으로 부모에게 손을 들었다.”

"……사사키 씨가요?”

"지금까지 해왔던 일들을 되돌려주고 마지막에 이렇게
말해줬지. '넌 반드시 내가 결혼하면 아내를 불행에 빠뜨
릴 거다. 네 희생자를 더 이상 만들지 않기 위해서라도 난
결혼하지 않겠다'고 말이야.”

사사키 씨는 과거 자신이 했던 대사를 과장되게 연극투
로 말했다. 본인은 장난스럽게 넘긴다고 생각했겠지만, 그
목소리에는 열기가 지나치게 담겨 있었다.

사사키 씨가 들어 올린 맥주를 마셨다.

"무카이의 결혼, 언제 알았냐고 물었지.”

"어, 아아, 네.”

이야기가 갑자기 바뀌어서 당황했다.

"그 녀석이 결혼하기 전에 상담을 받았거든.”

"상담?"

"이대로 자기가 결혼해도 괜찮을까, 라고 말이야."

"무카이 씨가……?"

뜻밖의 말을 듣고 눈이 크게 뜨였다. 행복한 결혼 생활을 하는 모습을 봤기에 예전에 그런 고민을 했다는 사실이 믿기지 않았다.

"그 녀석의 부모에 대해서는 들었나?"

"막장 같은 부모였다는 것 정도는."

무카이 씨와 마시고 있을 때의 이야기였다. 대화의 흐름상 엄마는 이미 돌아가셨다는 말을 전하자 미안한 질문을 했네, 라고 했다. 원래라면 어릴 때의 이야기니까요, 하고 흘려 넘겼겠지만, 술이 오른 탓이었을까.

쓰레기 같은 부모였으니까요, 하고 웃어 보인 것이 시작이었다.

시답잖은 내 이야기가 끝나자 무카이 씨 또한 자신의 과거에 대해 말해주었다.

"나는, 장애를 가진 형을 돌봐주기 위해 만들어졌어."

태어난 것도 아니고 자란 것도 아니다. 그러기 위해 만들어졌다고 했다.

어떤 고생이 있었는지는 알 수 없다. 술자리라고는 하지만 우스갯소리로 치부할 수 없는 말을 아낀 것일지도 모른다. 그저『뭐, 지금은 셋이 다 같이 죽어버렸으니 이렇게 자유의 몸이 됐지』라고 웃으면서 끝을 맺었다.

사사키 씨는 맥주를 한 모금 마시고 지나가듯 말했다.

"가족이 죽은 걸 좋아하는 내가 새로운 가족을 만들어도 되는가. 그걸 고민하더군."

예전에 웃어넘겼던 것이 자책감이 되어 돌아온 것 같다.

"그래서 말해줬지."

"뭐라고요?"

"그것 때문에 회사를 그만두고 열심히 해오지 않았느냐고."

허벅지에 탁 때리듯 캔맥주를 내려놓은 사사키 씨는 과장되게 웃었다. 꽤 멋진 말을 했지? 하며 장난스러운 모습이었다.

무카이 씨는 분명 그 말에 등을 떠밀려 마지막 망설임을 떨쳐냈을 것이다. 그리하여 이제는 한 아이의 아빠가 된 것이다.

무카이 씨 때도 그랬지만, 항상 생각한다. 나는 나이를 먹은 결과 사회에서 어른으로 대접받고 있을 뿐이라고.

이대로 나이를 먹은 끝에 사사키 씨 같은 어른이 되어 있는 모습이 전혀 떠오르지 않았다.

"왜 그렇게 열심히 해오셨나요?"

그래서 의문이 들었다.

"뭘 말이야?"

"사사키 씨도 무카이 씨도 그런 부모 밑에서 태어났는데, 왜 열심히 살아온 건가요?"

사사키 씨는 애완용 취급이었고, 무카이 씨는 착취당해왔다. 제멋대로인 부모 밑에서 자라왔다. 또래보다 비틀린 어린 시절을 보냈을 것이다.

나이를 먹은 끝에 사회에 나와서 훌륭한 것을 쌓아왔다. 이 사회가 보여주는 훌륭한 어른으로 성장했다.

그것은 전적으로, 무너지지 않고 인생을 살아왔기 때문이다. 노력의 산물이었다.

그런 한편 나는 이 모양 이 꼴이다. 왜냐하면 열심히 하지 않았다. 노력한 끝에 얻을 수 있는 것이 무엇인지 알아버렸기 때문이다.

같은 쓰레기 부모라도 우리 부모님은 두 사람과 비교하면 그나마 나은 부류였다. 그런데도 이 차이는 도대체 무엇일까.

"그것은 신이 거짓말을 하지 않을 거라고 믿었기 때문이지."

사사키 씨는 턱에 손을 얹고 고민한 끝에 입을 열었다.

"신?"

"아무리 불합리한 일을 당해도 다들 그렇게 살아가고 있어. 그런 가까운 어른들이 주는 환상을 믿고 우리는 여기까지 왔지."

사사키 씨는 쓴웃음을 지었다.

"지금 아이들은 어른들이 거짓말쟁이라는 걸 알고 있으니까 말이야. 자신들의 환경을 파악하기 위해 신이 준 색안경은 사용하지 않아. 화면 건너편을 통해서 자신들의 세계를 재고 있지."

사사키 씨는 컴퓨터 모니터를 보았다. 다만 보고 있는 것은 그 겉모습이 아니라 그것이 비추는 세계의 맞은편이다.

"그런 의미에서 신을 믿지 못한 아이들은 더 고생이야. 열심히 해야 하는 이유를 스스로 찾아야 하니까."

사사키 씨는 남의 일처럼 말하면서도 감회에 젖은 얼굴로 잠시 침묵했다.

"타마치도 드디어 그걸 발견했다는 뜻이겠지."

"네?"

"열심히 하지 않았던 네가 이렇게 야근하는 건 지금까지 그게 없었기 때문이지?"

그 물음에 대한 말을 찾고 있는 사이에 사사키 씨는 계속해서 말을 이었다.

"전에 한 말 기억나나?"

"무슨 말이요?"

"그럴 마음만 먹으면 새로운 일도 이것저것 시켜주겠다고 했던 거. 네 평가를 정당하게 해주고 월급도 제대로 올려준다고."

일찍이 그 정도의 기개는 없다며 흘려보낸 이야기다.

"······예를 들면 어떤 일을 하게 해주실 건데요?"

월급을 올려준다. 지금은 그 말에 매력을 느껴 머뭇머뭇 물어보았다.

"맨 처음으로는 타마치 리더의 탄생이겠지."

"농담이죠?"

"농담 아니야."

믿지 않고 반쯤 웃어넘기는 나를 고요한 얼굴이 똑바로 응시해왔다.

"팀을 재편할 때는 언제나, 카타기리는 제일 먼저 너를 원했다."

"왜 굳이 저 같은 말단을."

카타기리 씨의 진의를 이해할 수 없어 머리가 복잡해졌다.

"우선 유능한 이인자, 삼인자를 확보하는 게 먼저죠. 말단은 서로 떠넘기기 바쁜 위치잖아요."

"그 말단이 이인자, 삼인자의 일을 하기 때문이지."

"······네?"

"카타기리가 아무 생각 없이 오늘까지 일을 줬던 게 아니야. 늘 성장하지 않으면 닿을 수 없는 일을 주면서 너를 키워왔다. 그 녀석이 늘 얘기해. 타마치는 주어진 일은 제대로 해내는, 어디를 가도 써먹을 수 있는 인재다. 그러니까 무카이처럼 그만두면 곤란하다고."

기억에 없는 평가에 어떻게 반응해야 할지 알 수 없었다.

"그건 좀 과대평가예요. 저는 이 회사…… 사사키 씨 밑이 아니고서는 할 수 있을 것 같지 않은데요."

"그건 단지 여기보다 더 편한 장소는 없다면서 응석 부리는 것뿐이야. 돈은 필요 없으니까 열심히 하고 싶지 않다고 말이지."

맞는 말이다. 여러 회사를 둘러봤지만 모든 환경이 끔찍했다. 자기 일을 최소한으로만 해내면 괜찮다는 것은 용납되지 않았다.

이 미지근한 물 속에서도 야근은 싫은 것이다. 그때와 비교하면 일을 잘하는 사람이 됐다고 생각하지만, 미지근한 물에 익숙해진 나에게 그런 환경은 더는 무리다.

여기를 그만두면 어디서든 잘 살아갈 수 있을 것 같지 않았다.

"그런 네가 부족함을 느껴서 토쿠다를 돌보기 시작했지. 머지않아 야근비로는 부족해질 거다."

최근까지는 그렇게 생각했을 텐데, 어째서인지 지금은 이러고 있다. 생각했던 것만큼 힘들고 고통스러운 느낌은 없었고, 야근비만 발생했을 뿐 충실함마저 들고 있었다.

"그래서 타마치 팀의 탄생인가요? 너무 비약이 심해요."

"카타기리를 보좌로 붙여주마. 경험한다 생각하고 해봐."

"책임이 무거워요."

"그 책임을 지는 게 상사의 몫이지. 실패하면 나한테 좀 미안하다는 정도의 마음으로 하면 돼."

"……왜 그렇게까지 해주시는 건데요?"

"나는…… 앞날이 길지 않을지도 모르거든."

거짓말이죠, 라는 말을 내뱉지도 못했다.

심각한 표정의 사사키 씨에게 짓눌린 난 다음 말을 기다렸다.

"지난번 건강검진 때 수치가 좋지 않았어."

"……뭐라고요?"

"특히 간이 위험해. 언제 폭발해도 이상하지 않을 지경이지."

책상에 붙어 있던 팔꿈치가 이번에야말로 미끄러졌다.

간을 폭발물로 바꾸고 있는 원인을 다 마신 사사키 씨는 두 잔째를 따기 시작했다.

"그게 문제의 원인이니 그만두시는 게 어때요?"

"무리야. 이걸 멈추면 그야말로 살아있는 의미를 잃어버려. 참고 사는 게 미덕이라면 지금까지처럼 악덕을 다 하겠어."

목숨 따위 아깝지 않다. 그런 식으로 술을 들이마시는 모습은 마치 해적 같았다.

"타마치. 전에는 서른까지 살고 나서 앞일을 생각한다고 말했었지. 좀 더 그 앞을 내다보고 싶다고 생각했다면, 바로 지금이 열심히 할 때야."

　망망대해를 계속 항해하던 선원으로서는 그런 선장의
삶이 듬직하게 느껴졌다.

　"내가 있는 동안에는 물심양면으로 도와줄 테니까 좀 더
위를 향해보라고."

제6화 비융통 사회 궤조 기관사③

카에데가 가출…… 아니, 실종된 것을 알게 된 지 한 달이 지났다.

행방은 여전히 불명. 단서 하나 찾을 수 없다.

그도 그럴 것이 내가 쓸 수 있었던 수단은 마도카와 카스가 씨에게 카에데 사진을 맡기고 목격 정보를 얻어달라고 도움을 요청하는 것뿐이었다. 모든 사정을 말할 수 있는 상대가 이 두 사람 정도밖에 없었던 것이다.

오늘까지 많은 인연을 맺어왔다고 생각했는데. 막상 이렇게 곤란한 상황에 부닥쳤을 때 믿고 의지할 상대는 이것밖에 없다. 그런 자신을 알아차렸을 때 어이없음을 넘어서서 마른 웃음이 나오고 말았다.

앞서 이런 얘길 하고 미안하지만, 성과는 별로 기대하지 않았다. 어쨌든 카에데가 도쿄에 왔는지도 확실하지 않다. 복권에 당첨되는 것을 기대하는 마음으로 의지한 것이다. 사지 않는 것보다 그나마 희망은 있었다.

유일한 단서가 될지도 모른다는 생각에 들고 돌아온 카에데의 컴퓨터. 거기 남아 있던 것은 발자취가 아니라 카에데에게 품어왔던 망상이자 환상, 그리고 나를 일깨워주는 현실뿐이었다.

월리를 찾지 마.

이것이 나에게 품고 있던 카에데의 마음이자 답이다.

카에데에게 나는 의지할 수 있는 자신의 편이 아니라 지겹기만 한 존재였다.

마도카가 없었다면 나는 거기서 마음이 꺾여 버렸을지도 모른다.

스스로 해온 실수를 깨달았지만, 그것은 어쩔 수 없는 일이었다. 그런 달콤할 정도의 위로가 이 마음이 꺾이지 않도록 무엇보다 좋은 약이 되어주었다.

무엇을 잘못하고 있었는가. 그것을 알게 된 지금이라면 이번에야말로 올바른 형태로 카에데와 마주할 수 있다.

현 상황을 조금이라도 긍정적으로 받아들인 것이다.

『그래도 이것만은 기억하렴. 모미지가 힘들고 괴로운 것을 참아야 한다면 차라리 카에데 일은 적당한 선에서 타협해도 된단다.』

엄마의 말이 생각나 그런 식으로 타협을 지은 것이다.

카에데에게로 이어지는 단서가 발견되지 않아 쓸 수 있는 수단이 막혀 있는 동안은 자포자기하지 않는다. 지금의 생활을 지금까지 그대로 보낸다.

자신의 인생을 희생하지 말라는 것이 엄마의 소원이었으니까.

"여기까지 오면 감탄할 정도지."

그러니까 마도카와의 시간도 예전과 똑같이. 일주일에 한 번은 서로의 집을 오가며 식사를 함께하는 시간을 가졌다.

"모미지의 허술함은."

마도카는 양어깨를 으쓱하면서 어이없다는 듯 탄식했다.

오늘은 내 집에서 식사할 차례. 허술하다는 것은 내가 준비한 식사를 가리키는 것이다.

초라한 것들이 즐비한 것은 아니다. 거실의 로우테이블에는 소 볼살 레드와인 조림에 치즈와 채소 라자냐, 거기에 시저 샐러드까지 올라가 있었다.

다만 위의 두 가지는 주문한 냉동식품이고 샐러드는 인근 전문점에서 가져온 것을 그대로 내놓은 것일 뿐. 식기류도 일회용 종이 그릇이고 끝나면 모두 쓰레기통으로 직행해 설거지가 나오지 않는다.

SNS용. 낯선 세계라고는 해도 거리가 먼 것은 확실하다. 마도카는 최대한 노력하고 있지만 내 방에서 이렇게 식사할 때는 스마트폰을 꺼내려는 시도조차 하지 않았다.

"식사는 눈으로 즐기는 것, 나도 알고는 있지만. 나 자신을 위해 그렇게까지 열심히 할 마음은 안 들어."

"그럼 나를 위해서 열심히 하자고 생각해줄 순 없는 거야?"

"잘난 척하지 않고 꾸밈없이 있는 그대로의 모습을 보여줄 수 있는 건 마도카뿐인걸. 네 앞에서만큼은 어깨를 펴고 즐기고 싶어."

"……모미지는 왜 남자로 태어나지 않은 거지?"

"……엄청난 말이네."

욕이 아니라는 건 알지만 이 말에는 얼굴을 찌푸리고 말았다.

"매 순간 엄청난 멘트가 나온단 말이지. ……아아, 모미지가 남자였다면 내 사랑의 편력에 흑역사가 태어날 일도 없이 멋진 청춘을 보냈을 텐데."

마도카는 실망스러운 듯 한숨을 내쉬었다. 있었을지도 모르는 환상을 진심으로 아쉬워하는 모습이었다.

만약 내가 남자였다면 우리들은 사귀었을 거다.

절친을 상대로 좀처럼 하기 어려운 발언이다.

"그건 내가 남자인 이상 널 좋아하게 된다는 게 전제잖아."

"그치만 내 귀여움을 죄라고 한 건 모미지 쪽이잖아? 궁합도 이렇게 좋고. 모미지가 남자로 태어났다면 나를 좋아하지 않을 리가 없어."

마도카의 얼굴은 그런 것도 몰랐냐고 말하는 것 같았다.

"모미지가 남자이기만 했다면 나는 쉽게 행복해질 수 있었을 거야. 성실하게 살아서 죄 한번 저지르지 않았던 모미지지만, 아니었네. 여자로 태어나 버렸어. 그게 모미지의 죄이자 내 불행이야."

"말도 안 되는 죄를 뒤집어씌우는구나……."

불합리한 죄를 뒤집어씌우는 모습에 지끈거리는 머리를

눌렀다.

"네가 여자로 태어난 탓에 자신이 불행한 거라고 규탄받을 날이 올 줄은 몰랐는데. 마도카도 꽤 곤란한 여자가 됐구나."

"그 곤란한 여자를 곤란할 때 편리하게 써먹은 여자는 어디의 누구였더라?"

"으윽……."

마도카는 팔짱을 끼더니 귀신의 머리를 벤 장수처럼 기세등등하게 말했다. 목을 빼앗긴 나는 반박할 말을 찾지 못해 움츠릴 수밖에 없었다.

혼자 나와 살게 되면서 자신도 모르고 있었던 일면이 문제가 되어 튀어나왔다.

옷차림이나 청결감 등 남들에게 보이는 부분은 탄탄하다. 하지만 남들이 보지 못하는, 스스로 해결해야 하는 부분에서는 손을 빼버리는 것이다.

교활함의 면모가 가장 두드러지는 것이 청소였다.

마도카가 말하길 내 집은 더럽지는 않지만, 전체적으로 너저분하다고 했다. 로봇 청소기의 힘이 미치지 못하는 곳은 먼지를 뒤집어쓰고 있다는 것이다.

어떻게든 해야지. 처음에는 그런 마음도 먹었지만, 청소를 하루 이틀 미루다 보니 지금의 모습에 완전히 익숙해지고 말았다.

마도카 외엔 어차피 사람을 들이지 않는 집이다. 그렇게 생각하고 현상을 개선하지 않고 방치하고 있었는데 마침내 마도카 이외의 손님을 들이는 날이 오고야 말았다.

처음에는 아무 생각 없이 초대했는데 그 직전에야 제 방의 현주소를 떠올린 것이다.

그래서 마도카에게 울며불며 매달렸고, 아침부터 집 청소를 해준 것이 오늘 일의 전말이다.

"잘 생각해 보니까 오늘 준비한 이것도 보여줄 수 있는 자연스러운 모습은 아니지 않아?"

마도카는 요리에 눈을 떨어뜨리며 어이없다는 듯이 말했다.

"……어, 어설픈 실력으로 못 먹을 걸 준비하는 것보다는 낫잖아."

"뭐, 그렇긴 한데."

마도카는 턱을 괴었다.

"그쪽은 처음으로 여자 집에 들어오는 거야. 준비된 게 이래서야 여자다움이라곤 하나도 없어서 불쌍해."

"됐어. 여자다움 같은 건 쓸데도 없어."

그런 대화를 하고 있는데 초인종이 울렸다.

저녁 7시가 넘어가는 시각. 이런 시간에 누굴까 하는 생각은 들지 않았다.

일어서서 인터폰의 모니터를 확인했다. 기다렸던 상대

가 그곳에 비치고 있어 말을 걸고 현관의 자동 잠금을 해제했다. 곧 다시 초인종이 울렸고 이번에는 인터폰을 확인하지 않고 현관문을 열었다.

"안녕, 모미지."

"어서 오세요, 카스가 씨."

한 손을 든 카스가 씨와 인사를 나눴다.

"저…… 안녕하세요, 모미지 씨."

그 뒤에서 뻣뻣하게 굳은 사내아이가 고개를 숙여 왔다.

선명한 쌍꺼풀과 마주친 이 눈은 허를 찔린 탓에 휘둥그레지고 말았다. TV에서나 나올 것 같은 아리따운 왕자님의 등장에 심장이 두근거리지는 않았다.

"엄청 깔끔해졌네, 나츠오."

처음으로 제대로 된 모습을 보여준 것에 놀란 것이다.

눈동자를 가리던 베일 같은 머리가 싹둑 잘려있었다. 재킷과 청바지는 누가 봐도 이제 막 사 입은 옷 같았지만 마치 잡지의 모델을 연상시켰다.

"미녀 집에 방문하는 거잖아. 평소의 꼴사나운 모습으로 들어가는 건 남들이 다 괜찮다고 해도 내가 용납 못 해."

카스가 씨는 어깨너머의 동생을 바라보며 흡족한 표정으로 입꼬리를 올리고 있었다.

우선 자리에 앉히는 것이 먼저라는 생각에 두 사람을 거실로 안내했다.

"안녕하세요, 카스가 씨."

"그래, 마도카."

기다리고 있던 마도카와 인사를 나눈 카스가 씨는 그 대각선 맞은편에 앉았다.

그런 명랑한 두 사람과는 대조적으로 나츠오는 긴장된 표정을 짓고 있다. 마도카라는 여자의 존재로 인해 이마에 식은땀을 흘리고 있었다.

"안녕하세요."

우뚝 선 채 움직이지 못하고 있는 나츠오를 향해 마도카 쪽에서 선제공격을 가했다.

"오늘은 앞머리 요괴가 아니네."

눈빛 하나 바꾸지 않고, 마도카가 놀리듯이 눈을 가늘게 떴다.

그의 외모를 언급하면서도 흥분한 기색은 없다. 전에는 끔찍했는데, 하며 살살 놀리는 것이다.

"하, 하하……."

나츠오는 난처한 듯이 쓴웃음을 지었다. 동시에 어깨에서 힘이 빠지는 것을 볼 수 있었다.

지금까지 자신을 곤란하게 했던 무서운 것들과는 다르다. 마도카를 향해 경계를 푼 것이다.

"건배~."

전원이 로우테이블을 둘러싸고 앉아 마도카의 선창으로

건배했다. 나와 나츠오는 주스였지만 나머지 두 사람은 카스가 씨가 가져온 캔맥주였다.

마도카는 맛있다는 듯 꿀꺽꿀꺽 목을 울리고는 품평하는 듯한 시선을 나츠오에게 보냈다.

"……동생은, 그거 같아."

"그거라니?"

카스가 씨의 물음에 마도카는 검지를 입가에 가져갔다.

"마치 얌전하고 귀여운 강아지 같아."

"가, 강아지……?"

지금까지 들어본 적 없는 비유를 듣고 나츠오는 당황한 것 같았다.

"만져도 물기는커녕 짖을 걱정도 없어 보여. 그런 강아지는 이리저리 휘둘리는 게 세상의 규칙이야."

마도카는 지휘봉처럼 검지를 빙글빙글 흔들었다.

"그게 싫으면 가슴을 펴는 법부터 배워야지."

"맞는 말이야. 너한테 부족한 건 남자를 떠나서 인간의 존엄성이지. 길을 가면서도 아래를 보며 따라오니까 다른 의미로 눈길을 끈다니까."

카스가 씨는 어깨를 으쓱하면서 놀리는 투로 말했다.

두 사람이 걸어왔던 길을 상상했다.

당당한 미녀의 뒤를 미남이 주뼛주뼛 아래를 돌아보며 따라간다. 남매라는 걸 눈치채지 못한 자들은 도대체 어떤 관계인가 싶어 돌아봤을 것이다.

"외모는 됐으니까 내용물을 채우는 것에 최대한 집중할 것."

"내용물……이요?"

"그래. 자고로 인간에게 중요한 건 알맹이야, 알맹이."

과거 자신의 내용물을 토해내는 모습을 보이고 말았다. 그걸 덮어씌우고 싶은지 마도카는 연상 노릇을 하며 으스댔다.

"그 내용물에 끌려서 사랑에 빠진 마도카는 이제 슬슬 직접 움직이는 편이 좋지 않을까?"

"윽, 알아요. 알고 있지만……."

아까까지의 기세는 어디로 갔는지, 카스가 씨의 지적에 쭈그러든 목소리가 나왔다.

사랑할 때마다 마도카는 처참한 말로를 걸어왔다. 그 원인은 남자운이 없는 것과 똑같을 만큼의 죄스러운 귀여움에 있었다.

마치 사고처럼 사랑해버리는 탓에 상대의 인간성을 알기도 전에 교제를 시작해 버린다. 처신은 확실하게 해오고 있음에도 사랑에 빠진 상대에게는 모든 것을 금방 허락해 버린다. 그것 때문에 언제나 한심한 남자들의 먹잇감이 되어 왔다. 게다가 교제 상대는 자업자득으로 보이는 말로를 걷고 있으니 모두가 불행해지는 것으로 끝나는 것이다.

그런 마도카가 다시 새롭게 사랑에 빠졌다. 타마 씨라고 하는 연상의 사회인을 상대로 드라마 같은 전개를 거쳐 사랑하게 되고 만 것이다.

이야기를 들었을 때 반드시 한심한 녀석일 것이라고 확신했다.

하지만 내가 아무리 설득한다 해도 마도카가 순순히 포기할 리 없다. 그래서 이번에는 시간을 들이라고 충고했다. 그렇다 해도 오래 걸리진 않을 것이다. 그렇게 믿고 있었다.

그렇게 마도카는 교제에 성공한 뒤의 각오까지 끝냈지만, 아무리 지나도 관계는 진전되지 않았다. 손을 잡기는커녕 연락처 교환조차 못 했다.

그 사실은 나에게 놀라움을 안겨주었다.

고등학교를 갓 졸업한 여대생. 그런 아이에게 손을 대는 일곱 살 연상의 사회인이 멀쩡한 인간일 리가 없다. 단기간에 교제에 성공한다면 몸이 목적이라고 해도 과언이 아닐 것이다.

그렇게 되지 않았다면 정신이 제대로 박힌 어른일지도 모른다. 요즘은 그렇게 생각하게 됐다.

"안 됐을 때의 일을 생각하면 도저히……."

마도카는 테이블에 엎드려 큰 한숨을 내쉬었다.

외모 하나만으로 간단히 교제에 도달해왔다. 처음으로 그것만으로는 잘되지 않는 벽에 부딪혔다. 성공 경험밖에 해오지 않았으니 실패에 대한 두려움이 있는 것일지도 모른다.

힘내. 마도카라면 괜찮아. 꼭 성공할 거야.

그런 식으로 무책임하게 부채질하고 등을 떠미는 짓은 하고 싶지 않았다.

나는 언제나 마도카의 애절한 마음을 받아들일 뿐이다. 위로만 해줄 뿐 그 앞길을 제시해주진 않는다.

"마도카. 대학에 들어온 뒤 지금까지 눈 깜짝할 새였다는 생각 안 들어?"

문득 카스가 씨가 그런 물음을 던졌다.

마도카는 자세를 바꾸지 않고 얼굴만 카스가 씨에게로 향했다.

"……확실히 그러네요. 고등학교를 졸업한 지가 바로 얼마 전인 것 같은데."

"나도 그래. 얼마 전까지 애 취급을 받고 있었는데, 깨닫고 보니 사회는 나를 어른 취급하더라. 너도 곧 그렇게 될 거야."

"아~, 이제 싫어. 지금보다 더 어른이 되면 분명 하나도 안 즐거울 거야. 평생 이도 저도 아닌 채로 있고 싶어."

"안타깝게도 시간이란 무정하게 흘러가는 법이지."

아이처럼 억지를 부리며 신음하는 마도카를 카스가 씨가 히죽거리며 보고 있었다.

"이도 저도 아닌 채로 있을 수 있는 시간은 얼마 남지 않았어. 그 의미를 좀 더 소중히 여기도록 해."

"하지만……."

"직접 움직이지 않으면 진전은 없다. 그렇게 답을 낸 상황인 거지? 1년 후에 움직여도 얻을 수 있는 건 변하지 않아. 그걸 알고 있으면서도 미루는 걸 시간 낭비라고 하지, 마도카."

"아아, 카스가 씨가 팩트 폭행한다~! 귀가 아파~."

양쪽 귀를 막으며 말 안 듣는 아이처럼 떼를 쓴다. 그 과장된 몸짓이 진심으로 싫어서 그러는 게 아니라는 것을 보여주고 있었다.

"너는 어때, 모미지?"

"어, 저요?"

마도카를 향하던 화살이 갑자기 자신에게 향해와 자연스레 목소리 톤이 높아졌다.

"모미지 너 정도의 외모이니 연정의 빗발은 지겨울 정도로 맞고 있겠지? 시험 삼아 우산을 접어보고 싶은 상대는 못 찾았어?"

"연정의 빗발이요? 유감스럽게도 그런 훌륭한 걸 경험해본 적은 없어요."

쓴웃음을 지으며 마도카에게 눈길을 돌렸다.

"그건 마도카식으로 말한다면 보상을 바라는 것뿐이죠."

"목적이 너무 훤히 보여서 그럴 마음이 안 생긴다는 거?"

그제야 몸을 일으킨 마도카가 대답했다.

"이 겉모습으로 그동안 계속 이득을 봐왔는걸. 이제 와서 알맹이를 제대로 알고 나서 좋아해달라는 이기적인 소리는 못 해. 하지만 사랑에 가슴 떨리는 소녀도 아니야. 가뭄에 시달리는 것도 아닌데 나를 희생하면서까지 기우제를 하고 싶진 않아."

"……뭔가 모미지는 막상 30대에 가까워졌을 때 하지 못한 걸 후회할 성격 같단 말이지."

"주변 사람들이 다 결혼해서 초조해질 거라고?"

"막상 연애 사건에 직면했을 때 경험이 없는 걸 콤플렉스로 여길 거라는 거야. 그 나이에 진심 어린 연애니, 뭐니 하면서 망상에만 부풀어서. 연하한테 빠지는 날엔 쓸데없는 허세만 잔뜩 부려댈 것 같아."

"……으윽."

오래 교제해온 만큼 마도카의 미래 예측은 너무 정확했다. 스스로 그럴지도 모른다는 생각에 가슴이 아팠다.

사랑에 가슴 떨리는 날은 없었지만, 다가오기를 기대하는 소녀의 마음 정도는 있다.

나의 연애관은 복권에 당첨되기를 바라는 것과 같다.

"결혼이 여자의 행복이라는 건 시대착오적인 생각이야. 애완동물에게 힐링 받으면서 취미 생활을 영위하는 것도 괜찮지 않을까 요즘은 생각해."

"……모미지, 그거 스무 살을 앞에 두고 도달할 인생관
은 아니거든."

마도카가 보내온 것은 처치가 늦은 환자를 바라보는 시
선이었다.

"그렇게 됐으니까 거기 동생. 정말로 그렇게 될 것 같다
싶으면 모미지 좀 받아줘."

"힉?!"

완전히 남의 일이라는 듯 기척을 감추고 있던 나츠오,
갑자기 화살이 자신에게 돌아와 이상한 소리를 지르고 말
았다.

"모미지는 좋은 아내는 못되겠지만 밖에서 돈은 잘 벌어
다 줄 테니까."

"……어, 저, 그으."

"마도카…… 너어……."

당황한 나츠오 대신 주먹을 쥐어 마도카에게 들이댔다.
마도카는 남은 캔맥주를 단숨에 들이켜고는 허둥지둥 냉
장고까지 도망갔다.

"하하하하! 마도카, 내 것도 부탁해."

"네~."

그런 우리를 재밌다는 얼굴로 바라보던 카스가 씨는 박
수를 치며 폭소했다.

마도카가 되돌아오는 짧은 시간에 이쪽의 머리는 다시 식었다.

시답지 않은 소리를 하는 절친은 내버려 둔 채 카스가 씨에게 눈길을 돌렸다.

"그나저나, 눈 깜짝할 새라고 하면 카스가 씨도 이제 슬슬 아닌가요?"

"음, 뭐가?"

카스가 씨는 새 맥주를 따면서 고개를 갸우뚱했다.

"졸업이요. 내년이면 이제 사회인이잖아요."

"내 졸업은 아직 멀었어."

"……네? 아, 대학원에 진학하실 건가요?"

"아니, 대학원은 여러모로 바쁘다고 하니까 나하고는 안 맞아."

맛있게 맥주를 마시는 카스가 씨에게 이번에는 이쪽이 고개를 갸우뚱하고 말았다.

카스가 씨는 졸업 직후 대학에 합격했고 올해로 22살이 됐다. 계산이 맞지 않았다.

"애초에 난 아직 2학년이야."

"……네? 잠깐만요, 아직 2학년……?"

"말 안 했나? 나 두 번 유급했거든."

"거짓말……?!"

믿을 수 없는 사실에 소리를 지르고 말았다.

마도카가 고개를 돌리고는 '몰랐어?' 하는 표정을 짓고 있다.

나츠오를 보니 얼굴에 손을 얹고 포기했다는 얼굴을 하고 있다. 그것이 나를 향한 것이 아니라는 것은 분위기로 알 수 있었다.

"왜 두 번이나 유급을?"

"그야, 대학생은 즐겁잖아?"

"……네, 뭐."

"그래서 8년 동안 대학생이라는 시간을 마음껏 즐겨보려고."

시원할 정도로 주눅이 느껴지지 않는 미소였다. 그 모습을 보자 '그렇군요, 그런 이유가' 하고 납득한 뒤 그대로 흘려버릴 것 같았다.

술은 한 방울도 마시지 않았는데 세상이 빙빙 도는 듯한 착각에 빠졌다.

"카스가 씨…… 뭘 위해 대학에 진학한 건가요?"

"물론 대학생으로서 놀기 위해서지. 대졸 칭호를 얻는 건 부차적인 거고."

"취업 준비할 때 무조건 곤란할 걸요."

"취업 준비 같은 건 처음부터 문제없어."

환한 미소를 보고 가슴을 쓸어내렸다.

역시 그렇게까지 생각이 없던 건 아니었구나.

8년간 대학에 재적한 결과가 가져올 미래에 대해서는 제대로 생각해둔 바가 있는 것 같았다.

　게다가 카스가 씨는 부모 곁을 떠나 유유자적하게 생활하고 있을 정도로 좋은 집안 출신이다. 졸업 후에 관해서는 이미 집안 쪽에서 정해진 바가 있을지도 모른다.

　아마도 다른 선택지가 없으니 8년간의 모라토리엄 기간을 허용받고 있는 거겠지.

　"제대로 일할 생각은 아직 없거든."

　미래에 대한 불안이라고는 조금도 없어 보이는, 어린아이 같은 순진한 미소였다. 그 불안감을 대신 짊어진 것은 커다란 한숨을 내쉰 동생 쪽이었다.

　마도카가 다시 고개를 돌리고는 '원래 이런 사람이야. 몰랐어?'라며 의아함이 담긴 표정을 지었다.

　"생활을 위해서라고는 하지만 하기 싫은 노동에 몸을 소비하는 건 사양이야. 이왕 고생할 거면 내가 하고 싶은 일을 하면서 고생하는 게 더 의미 있지."

　"……참고로 묻겠는데, 그 하고 싶은 일이란 건?"

　"그걸 찾기 위해 졸업 후에는 해외를 돌아다닐 생각이야."

　"그걸 위한 돈은 어떻게 마련할 건가요……?"

　"나는 후원자가 있으니까. 문제없어."

　"어떤 상대인지 여쭤봐도?"

　"할아버지야."

"할아버지……."

"예전부터 나한테는 한없이 무른 분이셨지. 하고 싶은 건 거의 다 하게 해주셨어. 물론 상식적인 범위 내에서 말이야."

대학에서 8년간 놀고, 취직도 하지 않은 채, 하고 싶은 일을 찾기 위해 세계를 돌아다니고 싶다는 것이 과연 사회가 보여주는 상식의 범위 내인가? 적어도 내가 아는 사회에서는 있을 수 없는 상식이었다.

"부모님은 반대하지 않으셨나요?"

"누나가 제대로 일하고 싶다는 말을 꺼낸다면 이게 웬 때늦은 효도냐 하면서 시한부 선고라도 받았나 의심하시겠지."

누나 쪽이 입을 열기도 전에 나츠오가 그렇게 비아냥댔다.

"카스가 씨…… 이렇게 말하고 싶지는 않지만, 다 큰 어른이 그러면 안 되는 거 아닌가요?"

"좋은 질문이야, 모미지."

씁쓸한 얼굴을 하는 나와 나츠오를 안주 삼아 카스가 씨는 쓴 액체를 맛있게 들이켰다.

"나는 말이야, 어른이 되고 싶지 않아."

"보세요, 누나의 근성은 썩었어요."

동생에게 신랄한 비평을 받고 있음에도 카스가 씨는 조금도 주눅 든 기색 없이 웃고 있다. 마치 일류 대학을 졸업

하고 일류 기업에 근무하게 된 것을 자랑하는 모습 같았다.

내가 만났던 학생 중 카스가 씨는 가장 존경스러운 사람이었다. 그야말로 다양한 경험을 쌓아온 어른처럼 기댈 수 있는 인생의 선배.

오늘까지 바쳐온 존경심을 돌려줬으면 좋겠다.

"빵을 얻기 위해서 가능하면 이마에 땀을 흘리는 짓은 하고 싶지 않아."

"그렇다면 적어도 자원봉사자에 도전해보는 건 어떤가요?"

"알지도 못하는 남을 위한 무상 봉사는 사양이야."

탄식하듯 카스가 씨가 두 어깨를 축 늘어뜨렸다. 마치 알아듣지 못하는 아이를 앞에 둔 모습 같았다.

이상하다. 나는 틀리지 않았을 텐데.

"나는 말이야, 옷깃을 스친 인연은 소중히 하지만 무연고를 위해 움직이고 싶지는 않아. 신은 이미 죽었어. 그런 세계에서 성인군자 같은 놀이를 하고 있다간 몸이 버틸 수 없겠지?"

"신은 이미 죽었다?"

"신의 가르침에 의해 배척당해 온 사람들이 있지. 정보 사회의 발달로 인해 그런 부류의 사람들이 이어지며 서로의 뜻을 모아 목소리를 높일 수 있게 됐다. 그것 때문에 신의 가르침이라고 정당화해 온 것들이 더는 통하지 않는 시대가 된 거야."

카스가 씨 말대로 지금은 그런 시대다.

사회에서는 소수파라는 이유로 그 존재를 부정당해 온 사람들이 있다. 타고난 모습을 숨기지 않으면 이 사회에서는 배척당하고 살아갈 수 없는 사람들.

그런 사람들이 이제는 결탁하여 사회에 맞설 수 있는 시대가 되었다. 도덕이나 가치관은 신의 가르침이 아니라 스스로 만들어내는 것이라면서.

"그렇게 자신들의 삶의 방식을 사회에 통합하려는 새로운 세력이 계속해서 생겨나고 있는데…… 성인군자처럼 눈에 띄는 족족 다 손을 내밀어봐. 끝이 없지."

"확실히 끝은 없겠지만……."

"나한테는 말이야, 사회봉사 활동은 그거랑 똑같아. 훌륭한 활동이라고 인정하는 것과 손을 내밀고 싶은 마음은 다르잖아?"

그렇구나, 하고 납득하려는 시점에,

"단순히 자기만 좋으면 그만인 것뿐이잖아."

"그렇게 말할 수도 있지."

속지 말라는 듯이 나츠오가 말했다. 그런 비난에도 자신과는 상관없다는 양 카스가 씨는 태연했다.

"어쨌든 나는 지금 사회에서 곤란한 일도 없고 큰 손해를 본 적도 없으니까. 오히려 운 좋게 닿은 기회가 많았고 이득도 많이 봐왔어. 이 사회가 주는 내 처우에 불만도 불평도 느껴본 적이 없어."

그 말은 조금의 반감도 없이 깊이 와닿았다.

나 또한 이 사회에서 받는 자신의 처우에 불만도 불평도 느껴본 적이 없다. 오히려 이득을 봐왔을 정도다.

그렇다고 해도 카스가 씨만큼 솔직한 속내를 드러낼 수는 없었다. 그것을 입에 담았을 때 무슨 말을 들을지 알고 있기 때문이다.

"그런 이야기를 들은 사람들이 하는 주장. 그걸 입에 담는 편이 좋을까요?"

"물론, 얼마든지."

"그건 네가 축복받았기 때문이다."

"맞아. 나는 축복받았어."

담백한 표정으로 카스가 씨는 인정했다.

"자신이 천재라고 자만하는 건 아니지만, 타고난 것으로 하고 싶은 것을 하기 위해 노력한다면 나름대로 잘할 자신은 있어. 그러니 다 함께 작은 것을 얻으려고 애쓰기보단 혼자 움직이는 편이 훨씬 큰 행복을 얻을 수 있지. 그게 제일 편하고 무엇보다 손쉬워. 그래서 나는 나 혼자만의 행복을 추구하려는 거야."

카스가 씨는 자기 삶의 방식을 그렇게 마무리했다.

그녀의 주장은 이 사회에서 달가워하지 않을 삶의 방식이다. 하지만 곰곰이 생각해보면 인간이란 이런 것일지도 모른다.

사실은 모두 자기 생각만 하고 살고 싶어 한다. 힘이 없기 때문에 일치단결하지만, 힘이 있으면 사상은 단번에 바뀔 것이다.

카스가 씨가 딱히 남에게 폐를 끼치는 삶을 사는 것은 아니다. 하지만 그것을 못마땅해하는 풍조가 우리 사회에는 만연해 있다.

어째서.

분명 자신들은 이렇게 참고 사는데 축복받은 환경만으로 행복을 누리는 행위를 용서하고 싶지 않은 걸지도 모른다.

부럽다.

질투 난다.

그런 건 비겁해.

노골적인 말로 하면 자존심이 상하니까 그럴싸하게 포장해서 둘러댄다. 그렇게 가공된 끝에,

『냉정한 인간이다.』

그렇게 평가하는 자가 있다면 완전히 빗나간 것이다.

"아아, 카스가 씨는 자신의 행복을 위해서라면 약자 따윈 아무래도 상관없는, 그런 피도 눈물도 없는 인간이었군요…… 실망이야."

보란 듯이 과장해서 말한 마도카는 동그랗게 말릴 정도로 어깨를 푹 숙였다.

카스가 씨에게 불쾌한 기색은 없다. 오히려 재밌다는 듯이 턱을 괴며 이렇게 말해왔다.

"참고로 내 행복에는 나와 친한 인연을 가진 사람이 행복해지는 것도 포함되어 있지. 그 인연 중 한 명이 너야, 마도카."

"하아…… 카스가 씨는 왜 여자로 태어난 거예요? 진짜 실망이야."

실로 화려한 대사를 내뱉는 카스가 씨에게 이번에야말로 마도카는 실망했다는 듯 어깨를 떨궜다.

생판 남의 불행을 마주했을 때, 카스가 씨는 도덕에 입각한 의무 정도는 다할 것이다. 하지만 그를 이해하고 다가가고 싶다, 도와주고 싶다고까지는 생각하지 않을 뿐이다.

지구 뒤편의 천 명, 만 명을 위해 할애할 시간이 있다면 가까운 한 사람을 위해 시간을 보낸다. 그것이야말로 카스가 씨 나름의 의미 있는 행복한 생활 방식인 것이다.

정말 자신의 행복밖에 추구하지 않았다면, 나츠오를 위해서 여기까지 움직이지는 않았으리라.

그것을 알고 있기 때문에 나츠오도 처치 곤란한 누나라는 말밖에 할 수 없는 거겠지.

이왕 고생할 거면 자기가 하고 싶은 일로 고생하는 게 훨씬 더 의미 있다.

아까 들은 카스가 씨의 말이 지금은 가슴 깊이 와 박혔다.

제7화 운석이 떨어진다면 그때 가서

12월 23일.

무려 7개월 만의 외출을 눈앞에 두고 안절부절못하며 마음이 붕 뜬 하루를 보내고 있었다.

내일의 행선지는 내가 원하는 장소로 데려다준다고 했다. 하지만 막상 자유를 받으니 고민이 됐다.

특별한 날인 만큼 특별한 장소에 가고 싶다.

고민한 끝에 나는 그런 희망이 없다는 사실을 깨달았다.

단지 선배와 하늘 아래를 걷는 것만으로도 분명 멋진 날이 될 것이다.

그런 생각이 들었을 때 나는 고민하는 것을 멈췄다.

가고 싶은 장소는 한 군데로 정해두고 나머지는 마음 가는 대로 움직인다.

틈만 나면 내일 갈 행선지의 주변에 어떤 것들이 있는지 알아보는 하루를 보내고 있었다.

선배 책상 위에 펼쳐놓은 노트북. 하도 골똘히 바라보다 보니 저도 모르게 의식이 외부 세계와 격리되어 있었다.

의식이 되돌아온 것은 무릎 위에 있던 무게가 사라졌을 때였다. 말없이 쿠로스케가 내려간 것이다.

뒤에 있는 기척을 그제야 알아차리고 몸을 돌렸다.

"다녀왔어."

"어, 어서 오세요……."

어느새 선배가 돌아와 있는 것을 보고 당황했다.

노트북 오른쪽 아래로 시선을 떨어뜨렸다. 이제 19시가 막 넘었다.

"저…… 빨리 오셨네요."

"뭐, 오늘 정도는."

황급히 의자에서 일어나 선배를 향해 두 손을 내밀었다. 상의류를 받아들자 선배는 곧바로 샤워하러 갔다.

오늘은 금요일은 아니지만, 가미 씨 가게에 들를 예정이니까 저녁 식사는 필요 없다. 어제 이미 일러준 내용이었지만, 요즘 선배는 늦게까지 야근이 이어지고 있었다. 이렇게 일찍 돌아오는 건 예상 밖이었다.

침대 위에 누워 있지 않아서 다행이라며 가슴을 쓸어내렸다.

평소처럼 숙취를 위한 음료를 준비해둔 뒤 욕실에서 돌아온 선배와 교대하듯 샤워를 했다.

욕실은 열기와 뿌연 김으로 가득 차 있었다. 직전까지 선배가 있었으니까 당연하겠지.

가족도 아닌 성인 남성이 직전에 목욕했던 곳에서 알몸이 된다. 이 집에 온 지 얼마 되지 않았을 때는 그것이 너무 민망해서 꼭 시간을 두고 들어갔었다.

211

그러던 것이 이제는 완전히 익숙해져서 이 정도는 당연한 일상이 되었다.

"아……."

욕실을 나온 뒤 속옷을 깜빡했다는 것을 깨닫는 것 또한 가끔 있는 일상이었다.

탈의실의 옷은 저녁쯤에 준비해두는 것이 평소 습관이었다. 선배의 갈아입을 옷은 모두 준비해두지만, 자신의 옷들을 똑같이 다룰 수는 없다. 셔츠나 반바지는 괜찮아도 선배 눈에 띄는 곳에 속옷을 둘 수는 없는 것이다.

처음에는 빨래할 예정이었던 속옷을 입고 다시 방에 가서 새것으로 갈아입었다.

하지만 이 생활에 익숙해진 지금은 방으로 돌아와 속옷을 입었다. 한때의 수치심보다는 청결감이 우선. 갓 씻어서 깨끗해진 몸에 한 번 쓴 속옷을 다시 입는 것은 꺼려졌다.

예전보다 나는 조금 더 뻔뻔해졌다.

거실로 이어지는 선배 방의 미닫이문은 열려 있다. 걸음소리 하나 내지 않고 조심스레 움직여 내 방의 미닫이문을 열려고 하는데,

"오오…… 진짜냐."

놀란 선배의 목소리에 손이 멈췄다.

"설마 정말 남아있었을 줄은 몰랐는데."

"무슨 일인가요?"

지금은 속옷을 입지 않았다는 수치심을 호기심이 이겼다. 미닫이문 뒤편으로 몸을 숨기며 선배의 방을 들여다보았다.

"고등학교 때 내가 벌였던 일, 저번에 얘기했었잖아?"

"네."

선배는 고개만 내게 돌렸다.

"지상파 데뷔를 했었다고."

"말했었죠, 그것도."

"그때 나왔던 뉴스가 영상 사이트에 올라와 있어."

"어, 진짜요?!"

보물 영상 발굴 소식에 참지 못하고 선배의 방으로 뛰어들었다.

이때의 자신의 모습 따위는 머릿속에서 지워진 상태였다.

◆

연일 야근이 계속됐지만, 오늘은 정시에 퇴근했다.

아무리 숨겼다고 한들 크리스마스에 유급을 받은 것이 너무 적나라했는지, 그 카타기리 씨에게조차 부러움 섞인 농담을 듣고 말았다. 토쿠다 일은 신경 쓰지 말고 멋진 밤을 즐기고 오라고. 그렇게 퇴근하게 된 것이다.

곧장 귀가하지 않고 가미네 가게에 들렀다.

이번 주 금요일은 25일이다. 그날은 가게에 얼굴을 내밀 시간이 없을 것이다. 여러 가지 이야기해두고 싶은 것도 있었고, 올해 마지막이라는 생각에 그 얼굴을 보러 간 것이다.

그리고 돌아가려는데, 문득 생각났다는 듯 그가 일러준 것이 동영상 사이트에 올라와 있다는 뉴스 영상이었다.

지상파 데뷔를 했을 당시의, 우리의 청춘 시절 영상이었다.

"이야, 완전 그립네."

파이프 의자에 나란히 앉아 있는 두 남자 고등학생.

한쪽은 물론 나였고 다른 한쪽은 가미다. 와이셔츠 아래 담긴 그 몸은 아직 인체 개조가 안 된 상태였다.

프라이버시 보호를 위해 목부터 위는 보이지 않았다. 그래도 주절주절 입을 놀리는 내 옆에서 온순한 표정으로 고개를 끄덕이는 가미의 모습은 선명하게 떠올랐다.

"우와, 젊다~, 나."

무심코 그런 감상이 나오고 말았다. 직접 보지도 못한 자신의 얼굴이 가미의 것과 함께 뇌리에 떠오른 것이다.

졸업 앨범 같은 건 사지 않았다. 덕분에 어린 시절 사진 같은 건 수중에 하나도 남아 있지 않았다.

아무튼 나는 사진을 싫어하는 아이였다. 사진을 찍는 것에 혐오감마저 느끼고 있었다. 생리적으로 받아들일 수가 없는 것이다.

　내 얼굴은 좋아하진 않았지만 그렇다고 싫어할 정도는
아니었다.

　그렇기 때문에 그렇게나 혐오하는 이유를 알지 못했다.

　하지만 지금이라면 그 이유를 알 수 있다.

　싫어했던 것은 내 모습이 아니라 내 인생이었다.

　부모가 싫다.

　교사가 싫다.

　반 친구는…… 내 얼굴과 함께였다.

　남기고 싶은 과거가 없었기에 그 순간을 잘라내고 싶지
않았다. 그 순간을 함께 남기고 싶은 상대가 없었기에 쓸
데없는 행위에 혐오감을 느꼈을지도 모른다.

　자신의 과거를 편안하게 그리워한다. 그런 날이 올 거라
고는 생각도 못 했다.

　아, 그런 의미에서 보면 확실히 그 사건은 유일한 청춘
이었는지도 모른다.

　어쨌든 끝나고 보니 이렇게 우스갯소리를 할 수 있게 되
었으니까.

　"확실히 지금보다 목소리가 어리네요."

　얼굴 하나 비치지 않는 과거의 나를 보며 뒤에서 키득거
리는 웃음이 흘러나왔다.

　"선배가 고등학생이었을 때가 정말 있었군요."

"당연하지. 내가 중졸이나 뭐 그런 건 줄 알았어?"

"유졸인 줄 알았어요."

"이 자식……."

무심코 미간을 좁혔지만, 그것도 한순간이다. 단순히 농담이라는 것을 알기에 화낼 필요도 없었기 때문이다.

"선배. 한 번 더, 한 번 더요."

"알았어, 알았어."

동영상이 끝나자 레나가 아이처럼 졸라댔다. 원하는 대로 재생해주자 예의 바른 영화관 손님처럼 입을 다물었다.

나는 한 번으로 만족했다. 화면을 향해 집중하던 몸을 등받이에 기댔다.

음, 하는 신음이 무심코 나올 것 같았다.

체험해보지 못한 부드럽고 편안한 감촉이 뒤통수를 휘감았다.

"아……."

내가 낸 것이 아닌 가냘픈 목소리.

의자 등받이를 잡은 채 몸을 앞으로 기울여 화면을 들여다보고 있었던 걸까. 풍만한 그것이 헤드레스트 역할을 해버리고 말았다.

이렇게 된 상황은 알겠다.

다만 천 한 장 너머로 전해지는 피부 감촉이 문제였다.

남자 속옷이라고 하면 팬티만을 말하지만, 여자의 경우

는 한 종류가 더 있을 것이다. 레나가 그것을 착용하지 않았다는 것을 확실히 알 수 있는 감촉이었다.

언덕 골짜기로 흘러든 목덜미 쪽이 기분 좋았다. 몸 안에서 솟아오른 감정이 너무 생생해서 적당히 둘러대며 장난을 칠 수가 없었다. 자기 뜻으로 떨어질 수 없을 정도의 마력을 발휘하고 있다.

그래서 레나 쪽에서 먼저 떠나기만을 기다렸다. 수치스러운 목소리를 들어야 간신히 냉정해질 수 있을 것 같았다.

여느 때처럼 『땡큐』하고 장난칠 수 있을 것 같았다.

하지만 아무리 지나도 그때는 오지 않았다.

"정말…… 젊네요, 선배."

평정심을 유지하려는 듯 힘겹게 나온 목소리가 귓전에서 울렸다.

스피커에서 울리고 있어야 할 내 목소리가 들리지 않았다.

심장이 쿵쾅쿵쾅 시끄러웠다.

이건 나인가? 아니면 레나의 것인가. 두 개의 고동 모두가 격렬해서 알아들을 수가 없었다.

"선배…… 한 번 더."

그것이 떨어지고 싶지 않다는 말로 들린 것은 나만의 착각인 걸까. 열띤 목소리에 이끌리듯 끝난 동영상을 다시 재생했다.

과연 그 동영상을 원하는 것일까. 레나는 다시 몸을 앞으로 깊이 기울였다.

등받이에서 미끄러지듯 레나의 손이 어깨 위로 올라갔다. 짓눌린 그것은 부드럽게 가라앉으며 목덜미 모양으로 변화했다.

고요한, 그러나 깊은 한숨이 귀에 걸렸다.

고막을 녹일 것만 같은 온도가 관능적인 수준의 자극이 되어 뇌를 떨리게 했다.

레나가 지금 어떤 표정을 짓고 있는지는 모르겠다.

적어도 젊은 시절의 나를 보고 순진무구하게 키득키득 웃고 있지 않은 것은 분명했다.

그 의식은 더는 모니터를 향하고 있지 않았다. 그런 것을 모를 정도로 둔감하지는 않다.

세 번째 재생이 끝났다.

더는 소리가 나지 않았다.

답답한 침묵을 참지 못하고 소리를 낸 것은 내 쪽이었다.

"레나……."

"……뭔가요?"

기대가 담긴 달콤한 목소리였다.

"사실은, 내일 할 생각이었는데……."

"……좋아요, 저는."

주어가 빠진 말에 레나는 그렇게 대답하며 어깨에 얹은 손을 슬며시 떨어뜨렸다. 그리고는 감싸듯이 내 목 앞에서 손을 맞잡았다.

좋아요. 그것이 뭘 가리키는지는 말할 필요도 없으려나. 내일의 예정을 앞당긴다.

"지금 미리 사과해둘게."

역시 주어가 빠진 탓에 서로 대화가 맞물리지 않고 있었다.

"다음 달부턴 지금보다 훨씬 바빠질 거야."

"……네?"

복받치는 열정을 내리눌렀다. 이 분위기에 그대로 휩쓸려도 좋았겠지만, 특별한 일은 특별한 날에 하는 것에 집착한 것이다.

기대에 어긋난 말을 듣고 당황한 목소리에 뇌를 지배하던 열기가 식어갔다.

공기가 확 바뀌면서 간신히 냉정을 되찾았다.

내일은 오직 즐겁기만 한 날로 만들고 싶다.

"나는 지금 회사에서 잘리면 기어 올라갈 수 없어. 자신을 그런 밑바닥 사회인이라고 믿어 왔어."

그러니까 딱 좋다. 앞당기는 건 이쪽 얘기가 나을 것이다.

"하지만 그건 여기보다 더 편한 장소는 없다면서 응석 부리는 것뿐이다. 상사한테 그런 말을 들었어."

"응석이요?"

"들으니까 맞는 말 같더라. 어쨌든 지금까지 필사적으로 돈을 갖고 싶다는 생각은 해오지 않았으니까."

이 사회에서 양식을 얻기 위해서는 힘들고 고통스러운 일을 겪어야 한다. 나는 그것이 싫었다.

힘들고 고통스러워해도 이 사회에서 얻을 수 있는 행복이라는 것은 이미 알고 있었다. 몸을 갈아가며 지금보다 두 배, 세 배 열심히 해봤자 얻는 행복은 그에 비례하지 않는다.

"하지만 말이야, 지금은 돈이 필요해."

그런 삶이 가난하다고, 어느 날을 경계로 느끼게 되었다.

"게임기 하나 맘 편히 못 사는 내 월급은 너무 낮아. 다 큰 어른이 이러고 있으려나 아무리 그래도 너무 비참하잖아. 그걸 깨달았어."

은인의 인생을 들여다보자 그 답이 그려져 있었다.

얻는 행복이 노력에 비례하지 않는 것은 나 혼자 인생을 걸어왔기 때문이다. 그것이 너무나 빈곤했기에, 이 어깨에 걸린 것은 1조차 도달하지 못했던 것이다.

0.1의 인생이다. 남들보다 열 배를 열심히 해봤자 하나의 행복밖에 얻을 수 없다.

정말이지 가성비 나쁜 인생이 아닐 수 없다.

"야근비만으로는 부족해."

그런 삶이 갑자기 풍요로워졌다. 남들보다 조금 열심히 한 것만으로도 얻을 수 있는 행복이 몇 배가 되어 돌아오게 된 것이다.

여러모로 부족해질 수밖에.

"그러니까 인터넷 소설처럼 밑바닥부터 출세해보기로 했어."

"출세?"

"지금의 리더를 발판삼은 팀 타마치의 탄생이다."

그래서 사사키 씨의 제안을 받아들이기로 했다.

제대로 노력해오지 않은 인간이다. 그런 녀석이 갑자기 병사들의 리더 따위를 맡는다고 해도 잘 될 거라고는 생각하지 않는다.

그래도 너라면 괜찮다고 말해주는 상사가 있다. 그런 사람이 물심양면으로 도와줄 테니 열심히 해보라며 받쳐주고 있다.

내가 없어지면 곤란하다고 말해준 사람이 어제 하극상이 이뤄진 것에 기뻐하기까지 했다. 느닷없이 모든 일을 전부 맡기지는 않겠지만 모두가 달라붙어서 철저히 알려주겠다고 한다.

"아마 막차 퇴근이 당연해질 거야. 그것만으로는 부족하니까 쉬는 날에도 이것저것 공부해야겠지."

"괜찮아요? 그렇게까지…… 열심히 할 필요가 있나요?"

내가 그렇게까지 열심히 하려는 이유를, 불안한 얼굴로 묻는다.

"그건 지불하지 않았던 외상값이야. 더 이상 비참한 마음을 느끼지 않기 위해서라도 여기서 청산해 두고 싶어."

다들 그렇게 살아가고 있다.

그런 신의 말을 믿지 않았던 것은 자신의 책임이다. 쌓일 때로 쌓아둔 인생의 외상값을 다른 누군가에게 지불하게 할 수는 없다.

과거로 돌아갈 수 없다면 의욕이 생긴 지금부터 갚아 나갈 수밖에 없다.

"그러니까 지금 미리 사과할게. 너한테는 고생을 시킬 것 같고, 지금처럼 자주 같이 있진 못하게 될 거야. 미안하지만 그 부분은 좀 참아줘."

그러니까 사과해 둘 필요가 있었다.

우리 관계는 대등하다고는 도저히 말할 수 없다.

그것은 서로에게 가져다주는 이익에 관한 이야기가 아니다.

어쨌든 우리는 어른과 아이다.

어른이 지불하지 못한 외상값. 그 고생을 아이에게도 치르게 한다는 것은 변명할 수 없는 어리석은 짓이다.

적어도 이 나라의 사회 규범에서는 그렇게 되어 있다.

"알겠어요."

레나가 불쑥 입을 열었다.

"선배가 그렇게 열심히 하고 싶다면, 그걸로 상관없어요."

그것은 서툰 어른에게 화를 내는 것도, 어이없어하는 것도 아니었다.

"아무리 힘들어도, 제대로 제가 받쳐줄게요."

함께 고생을 떠맡아 주겠다는 선언이었다.

"땡큐. 부탁할게."

"하지만 이것만은 약속해 주세요."

목을 감싼 팔에 힘을 준 레나가 체중을 실어왔다.

"아시다시피 저는 관심이 필요하니까요."

자신의 나쁜 버릇에 웃음을 흘리면서.

"일 이외의 시간은 제대로 함께 있어주세요."

어리광 부리는 듯한 목소리로 그렇게 말했다.

열심히 한다는 것은 편하고 즐거울 뿐인 시간이 줄어든다는 것을 의미한다.

더 멋진 미래가 그 앞에 기다리고 있다. 그걸 믿고 참고 참아왔는데 어느 날 갑자기 아무렇지도 않게 행복을 빼앗기는 날이 올지도 모른다.

불확실한 이 발밑이 무너졌을 때 무엇 때문에 애써 왔는가. 그렇게 한탄할 날이 올지도 모른다.

하지만 그런 고민을 하면서 편안하고 즐거울 뿐인 시간에 빠져 있으면 지금보다 더 멋진 미래는 오지 않는다.

다들 그렇게 살아가고 있다.

지금은 그 말을 믿고, 힘들고 고통스럽더라도 행복을 얼고 싶었다.

"아아, 약속할게."

뭐, 운석이 떨어지면 그건 그때 가서 생각하면 되지.

제8화 비융통 사회 궤조 기관사④

.

12월 24일.

크리스마스라는 것은 본래 소중한 가족과 함께 보내는 날이다. 그러나 이 나라의 솔로들에게는 특별한 이성과 지내는 것이 가장 멋진 완성형이다. 그것에 홀리기라도 한 듯, 그날만을 위해 특별한 이성을 골라잡으려는 형국이었다.

그걸 나쁘다고 말할 생각은 없지만, 본말이 전도된 것은 아닐까. 그런 생각이 들지 않을 수가 없다.

특별한 이성을 준비하지 못한 자들은 또 그들 나름대로 특별한 날을 특별한 것으로 꾸미고 싶어 한다.

내가 오늘 참석한 것은 그런 이벤트 중 하나다.

특별한 이성이 없다면 그것을 찾는다. 호텔 파티장을 전세 낸 크리스마스 파티. 체면상 만남의 장이라는 말은 아무도 하지 않는다. 남녀의 참가비가 노골적으로 다른 것은 그런 의미. 기획자들은 말로는 즐거운 날을 만들자고 하면서 특별한 날 특별한 기획을 해서 돈을 벌고 싶을 뿐이다.

내가 이런 행사에 참여한 것은 기획자들과의 인연. 회장에 예쁜 꽃을 늘리고 싶다는 부탁을 받아들였기 때문이다.

상대방의 체면을 세워주면서 의지가 되는 인연을 미래로 이어가는 것 또한 사회의 처세술이다. 무엇보다 회장의 꽃이 될 것이라는 말을 듣는 것은 딱히 기분 나쁘지 않았다.

이런 곳에서 멋진 만남을 바라지는 않지만, 어차피 특별한 이성은 없었다. 이곳의 마스코트라고 생각하면 나름대로 즐길 수 있는 행사다.

물론 아무 걱정이 없었을 때의 이야기지만.

행사를 즐길 기력이 없는 나는 말을 걸어오는 남자들에게 적당히 대꾸해주며 벽가에서 말없이 반짝이는 세계를 하염없이 응시했다.

"그래, 모미지."

한 시간 정도 벽의 꽃을 관철하고 있는데, 이 행사에 초대한 장본인이 말을 걸어왔다. 파티와 어울리는 바지 정장차림은 누군가를 만나기 위해 나온 여성이 아니라 일로 초대받은 사장님 같았다.

"안녕하세요. 카스가 씨."

"즐기고 있……는 것 같진 않아 보이네."

미소를 지어 보이긴 했지만, 벽가에 딱 붙어 있는 의미를 헤아린 것일까. 입에 담으려던 단골 대사를 카스가 씨는 도중에 취소했다.

"기분 전환이 됐으면 해서 부른 건데 역효과였나?"

"그런 자리라는 건 알고 있었는데요. 말을 걸어오는 사람들한테 가만히 좀 놔두라는 생각이 자꾸만 들어요."

"……마음에 걸려서?"

"네……."

줄곧 꾸미고 있던 웃음이 확 풀리는 듯했다.

카에데는 지금쯤 어떻게 지내고 있을까. 그것만이 뇌리를 맴돌았다.

도망친 곳에서 잘 지내고 있을까. 아니, 애초에 카에데 같은 아이가 친족을 의지하지 않고 있을 곳을 마련하는 방법을 떠올리는 것만으로도 가슴이 답답해졌다.

돌아가는 것보다 낫다는 생각에 본인의 의지로 계속 숨어 있는 걸까? 아니면 돌아갈 선택을 할 수 없는 상황에 빠진 것일까.

어느 쪽이든 먹구름이 낀 이 가슴속이 낙관적으로 밝아지는 일은 없었다.

지금까지의 일상을 변함없이 영위한다. 그렇게 타협했다고 생각했는데, 즐거워야 할 시간에 답답함마저 느끼고 있었다.

"계속 생각하게 돼요."

"무엇을?"

"왜 나는 카스가 씨와 똑같은 걸 카에데에게 해주지 못했을까. 그랬더라면 이렇게 되지 않았을 텐데."

카에데에게 먼저 필요했던 것은 학교에 다닐 수 있게 되는 것이 아니었다. 학교에 가기 싫은 원인을 해결하는 것이었다.

사람들과 잘 대화할 수 없다는 열등감, 의사소통에 대한 불안감. 다른 문제가 더 있었을지도 모른다.

카에데와 마주보고 그 문제를 알아낸 다음 해결했어야 했던 것이다.

내가 그 집을 나오는 건 피할 수 없는 일이었다. 그럴 시간이 부족하고, 아빠에게도 맡기고 싶지 않았다면 카에데를 그 집에 두고 오지 말았어야 했다. 차라리 카스가 씨의 방식처럼 카에데를 데려왔어야 했던 것이다.

"더 빨리 카스가 씨를 만나고 싶었어요. 그랬더라면 이런 방법들을 배울 수 있었을 텐데."

"나를 일찍 만났어도 이 방식은 보여주지 못했을 거야."

"그래도 배울 수 있는 건 있었을 거예요. 카스가 씨 같은 사람은 주변에 없었으니까요."

"그건 순전히 네가 성실하게 살아왔다는 증거지. 불성실한 사람이 주위에 없었다는 건 자랑할 만한 일이지 어깨를 떨굴 일은 아닌데."

카스가 씨가 장난스럽게 말했다.

"그래도 뭐, 이런 나한테 배울 수 있는 게 있다고 말해줬으니. 그럼 내 얘기나 좀 해볼까?"

카스가 씨는 팔짱을 낀 채 벽에 등을 기댔다.

"나는 말이야, 내 인생의 채점을 남에게 맡기는 짓만은 안 해. 그러기로 결정했거든."

"인생의 채점?"

"고등학교를 나와 대학에 들어가면서 조금은 어른 취급을 받게 됐어. 그곳에서 가족이나 친척, 교사 이외의 어른들과 알게 될 기회가 생겼지. 인생 선배의 고견을 듣는 시간이 늘어난 거야."

카스가 씨가 빈정거리듯이 입꼬리를 올렸다.

"어느 날 깨달은 게 있어."

"깨달은 거요?"

"나는 이렇게나 고생한 결과 사회로부터 인정받았다. 숱한 노력을 해서 이렇게나 부러움을 사게 되었다. 자신은 이렇게나 주위에 필요한 존재다. 남들과 달리 나는 이렇게나 행복하다. 행복을 말할 때 남의 삶과 비교하는 어른들로 이 사회는 넘쳐나. 마치 판에 찍어나온 것처럼 말이지."

오늘날까지 봐온 그런 어른들을 카스가 씨는 비웃었다.

"그리고 고생도 하지 않고 행복을 누리는 인간을 자신과 같은 어른으로 취급하지 않아. 왜 그런지 알아?"

"분명 인정하고 싶지 않을 테니까요. 어렵게 잡아챈 내 가치를 행운만으로 얻어버리다니."

카스가 씨가 내민 문제에 대해 망설임 없이 대답했다.

노력과 결과는 비례하지 않는다.

아무리 노력해도 타고난 것 하나로 뒤집힌다.

우리는 이렇게 열심히 하고 있지만, 저 애는 아무 고생도 하지 않는다.

그저 축복만 받은 인간이다.

"그 이상의 가치가 있다는 걸 인정한다면 자신의 인생이 부정당하는 것 같으니까…… 그걸 용서하지 못하는 거라 생각해요."

그런 험담을 쏟아낸다.

분명 그 연장선상에 카스가 씨가 말한 것 같은 어른들이 있을지도 모른다.

카스가 씨는 나의 대답에 만족한 듯 고개를 끄덕이며,

"그런 어른들은 반드시 이렇게 말하지. 자신 같은 어른이 되라고 말이야."

검지로 가슴팍을 두드린다.

"다른 사람의 삶을 통하지 않고서는 자신의 행복을 말할 수 없다. 그게 어른이 된다는 거라면 난 어른이 되고 싶지 않아."

그렇게 카스가 씨는, 그때처럼 조금도 주눅 들지 않은 얼굴로 웃어 보였다.

어른이 되고 싶지 않다.

과거에는 가볍게만 들렸던 말에 심지가 박히는 듯한 소리가 났다.

"남들과 비교하지 않아도 자신의 행복만큼은 내 머리로 생각한다. 아무리 꼴사납고 보기 흉해 보여도 속마음을 숨기지 않고 살고 싶어."

"카스가 씨는 좀 더 속마음을 꾸미는 편이 낫지 않을까요?"

아무리 그녀의 심지가 굵다고 해도 역시 속마음이 남들 보기에 너무 볼품없었다. 피식 웃으며 충고했지만, 그 뜻이 흔들리지 않을 것임을 알고 있었다.

"사람은 입에 담은 말에 감정을 싣고 끌려가는 생물이니까. 꾸미는 것에 발목이 잡혀 행복이 멀어진다면 그것만큼 슬픈 일도 없지. 그렇다면 처음부터 남의 눈 따위 신경 쓰지 않고 속마음을 말하는 편이 훨씬 의미 있어."

아무리 남이 시끄럽게 소리쳐도 그녀의 삶의 방식은 바꿀 수 없다.

말로 설득하는 것은 무리일 것 같고, 애초에 그런 일을 할 필요도 없다.

카스가 씨에게 불평할 수 있는 위치에 설 수 있는 것은 가족 정도겠지. 그 이외의 사람이 참견하는 것은 애초에 잘못된 일이다.

"그러니까 내 인생의 채점을 남에게 맡기는 식으로 사는 건 사양이야. 남의 삶과 비교할 때는 무언가를 얻으려고 할 때만으로도 충분해."

남의 인생을 멋대로 평가하는 것 자체가 애초에 우스운 이야기니까.

♦

"오늘 내 체면을 세워주려고 와줘서 고마워."

그렇게 말하며 카스가 씨는 귀가를 재촉해주었다.

12월 하순의 밤은 공기가 하얗게 물들 정도이지만, 뺨은 아프지도 않고 서늘한 정도다. 밤에 돌아다니는 것이 힘들지 않은 것은 고향과 다른 도쿄의 이점이다. 다만 외출했을 때의 실내는 춥기 때문에 따뜻한 복장을 하고 있지 않으면 코트를 벗을 수 없다는 것이 난점이다. 일장일단. 좋은 점만을 골라낼 수는 없었다.

겨울의 밤. 7시가 넘었는데도 밖은 눈부시게 밝다.

한 번도 상경해본 적이 없는 자라도 이름을 대면 "아, 그거리" 하고 알 수 있는, 도쿄를 대표하는 번화가. 늘어서 있는 건축물로 인해 하늘은 좁고, 넘쳐흐르는 빛에 의해 하늘의 빛은 사라졌다.

주변 일대는 크리스마스 일루미네이션으로 수놓아져 있었다.

특별한 날을 앞두고 장식된 거리에 넘쳐흐르는 사람들. 앞으로 나아가는 데만 해도 상당한 고생이라 강제로 천천히 걸어야만 한다.

연인들이 자주 눈에 띄는 것은 크리스마스 효과 때문일까.

반드시 한 쌍 이상이 시야에 들어왔다. 이것이 오늘의 올바른 모습이라는 것을 보여주기라도 하듯 사이좋게 달라붙어 손을 잡고 있었다.

어딜 봐도 그런 2인조들만 가득.

언젠가는 나도 이 무리에 섞여야지, 하고 부러워할 정도의 관심은 생기지 않았다.

연인들의 존재는 오늘이 어떤 날인지 확인할 수 있는 일루미네이션 같은 것이다. 몇 초 후에는 어떤 모습이었는지조차 기억나지 않는 그런 잡다한 것 중 하나다.

그런 잡다한 광경의 한 부분에서 눈이 멈췄다.

마음을 빼앗길 정도로 이상적인 광경이었기 때문이 아니다. 뒷모습밖에 보이지 않으니 점수 같은 것도 줄 수 없다.

하지만 눈이 멈춘 것이다.

바짝 붙어 있는 두 사람이 아니라, 그중 한 명인 여자아이에게.

어깨에 닿는 정도의 검은 머리. 키는 남자보다 머리 하나 작았다.

그런 아무 재미도 없는 뒷모습. 경치에서 떠오른 것 같은 그 모습에 시선을 빼앗긴 것은 기시감을 느꼈기 때문이다.

일찍이 내가 골랐던 코트. 그 뒷모습이 그것을 걸치고 있을 뿐인, 드물지도 않은 모습이 이 눈에 또렷하게 비친 것이다.

마치 카에데 뒷모습 같았다.

겨우 두 발짝 앞에 소녀는 있었다.

신호등은 빨간색. 횡단보도를 앞에 두고 두 사람은 멈춰 서 있었다.

대화는 없었지만 어색한 분위기는 아니다. 다가선 채 손끝을 서로 맞잡고 있는 그 뒷모습은 너무 행복해 보였다.

자신을 타이르듯 머리를 흔들었다.

다른 사람이겠지. 이런 우연이 있을 리가 없다.

억지로 몸을 돌려 확인해 보고 싶은 충동조차 생기지 않았다.

뻐꾹, 삐약삐약. 파란색 신호를 알리는 소리가 났다.

향하는 방향이 같다면 그 등을 뒤쫓는 모습이 된다. 뒤쫓는다는 표현을 사용한 것 자체가 아직 미련이 남았다는, 카에데였으면 좋겠다고 생각하고 있다는 증거였다.

앞질러서 확인하지 않는 건 아마도 실망하고 싶지 않으니까. 기대할 만큼 기대했다가 배신당하는 게 싫었기 때문이었다.

종적을 감춘 뒤 이렇게 행복하게 돌아다니고 있을 리가 없다.

이렇게 행복하길 바라는 한편, 정말 카에데라면 그것은 그거대로 복잡했다.

건널목 너머에는 거리에 흩어져 있는 역 구내 출입구 중

하나가 있었다. 그들은 그 계단을 내려가려는 것 같았다.

이끌린 것은 아니지만 나도 거기서 역 구내로 내려가는 것을 선택했다. 다만 계단이 아니라 에스컬레이터다.

1인분 정도의 폭밖에 안 되는 에스컬레이터는 내려가는 것뿐만 아니라 올라오는 것도 있었다. 다만 고장인지 움직이지는 않는다. 그 올라오는 쪽 맞은편에 계단이 있었다.

이들이 계단을 내려가는 속도보다 에스컬레이터가 빠르다. 곧바로 나란히 서서 의도치 않게 앞지르는 형태가 되었다.

기대 같은 건 하지 않는다.

그래도 그만 어깨 너머로 돌아보고 말았다.

소녀의 얼굴을 들여다보았다.

"어……?"

그 소리는 내가 낸 것이 아니다. 처음부터 그런 소리 같은 것은 나지 않았을지도 모른다.

하지만 현실의 소리든 환청이든 그 입가는 분명히 그렇게 움직인 것이다.

정면으로, 이 눈과 그 눈이 마주쳤다.

계속 찾아왔던, 그리움마저 느껴지는 얼굴.

세상에서 가장 소중한 가족의 얼굴이었다.

"언니……."

소리가 닿지는 않았다. 다만 부들부들 떨리는 입꼬리가

그렇게 움직였을 뿐.

눈은 크게 뜨이고, 얼굴은 굳어지고, 그 색이 단번에 창백하게 질려가는 것을 보며······.

알고는 있었다.

나에게 품고 있던 그 마음을.

월리를 찾지 마. 거기에 모든 것이 담겨 있었다.

그래도 나는 낙관적으로 생각했을지도 모른다.

얼굴을 맞대면 손을 뻗어줄 거야. 그렇게 믿고 있기까지 했다.

그래서 순간적으로 그 이름을 부를 수가 없었다.

왜냐하면 그곳에 떠올라 있는 건, 무서운 것을 앞에 두고 두려워하는 표정 그 자체였으니까.

주저한 시간. 에스컬레이터를 두 계단쯤 내려갔을 때였을까.

몸을 돌린 카에데는 계단을 뛰어 올라갔다. 바짝 붙어 있던 남자를 남겨두지 않고, 꽉 움켜쥔 손을 잡아끌었다.

카에데가 두려워하는 모습에 남자는 당황한 것 같았다.

계단을 오르는 카에데에게 거역하지 않고 함께 뛰어가는 그 얼굴을, 나는 똑바로 포착했다.

청년이라고 부를 수 있을 정도로 젊지는 않다. 그렇다고 30대는 아닐 것이다.

옷차림이 깔끔하긴 하지만 딱히 특징적인 외모는 아니다.

거리에서 스쳐 간다고 해도 기억에도 남지 않을, 어디에나 있을 법한 사회인 같은 모습이었다.

하지만 이 순간 내게서 멀어지는 단 1초도 안 되는 찰나에, 그 얼굴은 기억 속에 깊이 새겨졌다.

순식간에 두 사람의 모습이 시야에서 사라졌고 나는 그제야 정신을 차렸다.

"잠깐……."

카에데의 뒤를 따라가려 했지만 이건 내려가는 에스컬레이터다. 한 사람이 설 수 있는 폭밖에 없고 뒤에는 사람들이 가득하다. 밀어내고 역주행할 수는 없었다.

내려올 때까지 십여 초는 걸렸을까.

지금까지의 인생에서 가장 안타깝고 답답한 시간이었다.

닿을 리가 없다는 것은 알고 있었다.

"기다려, 카에데!"

그래도 충동을 참지 못하고 그렇게 외칠 수밖에 없었다.

◆

소파에 몸을 던진 채 불도 켜지 않고 그저 천장만 하염없이 올려다보았다.

시간 감각이 모호했다.

거리에서 카에데를 발견한 것이 먼 과거처럼 느껴지는

가 하면 또 몇 초 전의 일처럼 느껴졌다.

카에데와 함께 있던 남자.

20대 중반 정도의, 어디에나 있을 법한 사회인이었다.

5월부터 쭉 카에데가 지낼 곳을 만들어줬던 것은 그 남자였을 것이다. 그래서 오늘까지 거처에 아무런 어려움 없이 잠적해 있었던 것이다.

카에데가 무엇을 요구받고 어떻게 있을 곳을 만들었을까.

적나라한 상상에 가슴을 쥐어뜯고 싶어졌지만…… 뒷모습에서도 느낄 수 있을 정도로 그녀는 행복해 보였다.

엄마가 돌아가신 후 그런 모습을 본 것은 처음이다.

그 사실을 무시할 수는 없었다.

비록 사회적으로 허용되지 않는 방법일지라도 카에데는 도망친 곳에서 행복을 얻고 있었다. 나는 그런 행복을 위협하는 무서운 존재로 여겨진 것이다.

카에데는 돌아가기 위해 역 구내로 내려가려던 길에 나와 마주쳤다.

이동 수단은 차가 아닌 전철. 굳이 몇 시간이나 걸리는 먼 곳에서 왔을 거라고는 생각되지 않는다.

그 역에서 1시간 이내. 아마도 그것이 그 남자의 주거지이자 카에데가 있는 장소였다.

도쿄는 지나치게 넓다. 겨우 그 정도의 정보에 의지해 찾을 수 있을 거라고는 생각하지 않았다. 그래도 아무런 단서가 없었던 때와 비교하면 광명이나 다름없었다.

만약 경찰에 의지할 수만 있다면 바로 찾아낼 수 있을 정도의 단서. 그렇기 때문에 의지할 수 없다는 것이 답답했다.

하지만…….

카에데가 도망친 의미. 그 등을 쫓고 거리를 헤매면서 그 사실이 하나, 또 하나 머릿속에서 언어화됐다.

정신을 차려보니 집 천장을 올려다보고 있었다.

어떻게 돌아왔을까. 전철 안에서 푸념 같은 메시지를 마도카에게 보낸 것밖에 기억나지 않았다.

나는 어떻게 해야 할까.

답이 나오질 않았다.

여기서 포기하지 않고 카에데를 계속 찾는 것이 옳은 방향이었다.

규칙이나 도덕의 잣대에서 나온 올바름이 아니다. 엄마와, 그리고 카에데에게 가슴을 펴지 못하는 짓은 하고 싶지 않다는, 스스로 선택한 삶의 방식이다.

하지만 그런 엄마는 돌아가셨고, 카에데에겐 확실하게 거절당했다.

윌리를 찾지 마. 그 의미를 다시 한번 본인에게서 본 것이다.

사막에서 한 톨의 사금 조각을 찾아내듯 그 모습을 찾는 것이 옳다는 것을 알면서도, 도중에 포기하고 이렇게 도망치듯 돌아와 버렸다.

카에데를 이대로 두면 안 된다. 그렇다는 걸 알면서도.

"어떻게 하면…… 좋을까."

빙글빙글 같은 자문이 머릿속을 맴돌았다.

괴로워서.

힘들어서.

가슴이 조이는 아픔에 시달리다 보면.

『그래도 이것만은 기억하렴. 모미지가 힘들고 괴로운 것을 참아야 한다면 차라리 카에데 일은 적당한 선에서 타협해도 된단다.』

엄마의 말이 떠올랐다.

카에데의 가출. 이건 틀림없이 아빠의 잘못이었다. 그리고 의지조차 안 되는 못난 언니였던 자신의 책임이다. 새삼스럽게 그것에 변명할 생각은 없다. 카에데가 가족 이외에 사람에게 매달리고 도움을 청한 것은 어쩔 수 없는 일이었다.

그렇지만 미성년자에게 어른이 도움을 주고 숨겨주는 것은 허용되지 않는다.

아무리 카에데가 불쌍한 신세이고 동정의 여지가 있다고 해도, 사회의 규칙과 도덕의 범주를 벗어났다.

카에데를 성인이라고 부르기에는 아무리 그녀가 자칭한

다 해도 무리가 있다. 그 어떤 궤변을 부려도 어린애인 줄 몰랐다는 말은 통하지 않는다. 그렇다는 것은 법을 어기고 있다는 자각을 하면서도 카에데를 수중에 두고 있다는 뜻이다.

용서받을 수 없는 수단을 택한 어른이 제대로 된 인간일 리가 없다. 한심스러운 사람임은 분명하다.

하지만 그런 한심한 어른과…… 카에데는 행복한 듯이 돌아다니며 손을 잡기까지 했다. 힘들고 고통스럽지는 않은 것이다.

엄마가 돌아가신 후 나는 카에데를 괴롭게만 할 뿐이었다. 그래서 카에데는 나에게서 도망쳤다.

카에데를 찾아냈을 때 또다시 그 두려운 얼굴을 마주하는 것이 두렵다.

카에데가 쌓아온 행복을 뺏은 결과, 원망받는 것이 힘들고 고통스럽다.

지금의 생활을 원하고 그 행복을 지키고 싶다고 한다면, 비록 그것이 잘못된 삶일지라도…….

여기서 이제, 카에데에 대해서는 타협하는 게 맞지 않을까?

이대로 내버려 두고, 카에데가 실종됐다는 사실을 깨닫기 전의 생활로 돌아간다. 그게 서로에게 더 나을 것이다.

엄마도 분명 용서해 줄 것이다.

그렇게 마음이 꺾이기 직전.

『그러니 안심해. 그땐 내가 제대로 카에데의 손을 잡아 끌어줄게.』

또 한 가지가 떠올랐다.

한 번, 시작한 이유를 잊어버린 탓에 틀어졌던 약속을.

『내가 카에데랑 사이좋게 걸어가고 싶어. 그게 내가 가장 잘사는 방법이니까. 이것만은 틀리지 않겠다고 약속할게.』

또다시 틀린 행동을 하고 싶진 않았다.

이대로 놔두면 두 번 다시 엄마에게 가슴을 펼 수 없게 된다.

상체를 일으켜서 양 볼을 힘껏 때렸다.

"안 돼, 모미지."

꺾일 뻔한 마음에 새로운 심지를 박아넣었다.

"카에데를…… 이대로 내버려 둘 순 없어, 절대로."

나와 아빠는 이런 꼴이다.

의지할 상대는 아무도 없다.

그 와중에 편한 것만 제공해주는 사람이 있다면 '이 사람만은 나를 알아준다'. 그렇게 맹신하고 그대로 의존하게 돼 버려도 이상하지 않다.

그 남자가 카에데를 먹잇감으로 여기고 있는지, 아니면 진심으로 생각하고 있는 것인지. 그것은 지금은 제쳐두기로 했다.

무시할 수 없는 현실은, 카에데의 미래를 어디까지 생각하고 있는가.

지금의 현실은 카에데에게 행복한 시간일지도 모른다. 하지만 그것은 평생 보증된 것은 아니다. 작은 실수로도 무너져 내릴 수 있는 연약한 지반이자, 머지않은 미래에서 끊기는 길이었다.

미래라는 것은 그때가 찾아왔을 때 편안한 세상이 알아서 생겨나는 것이 아니다. 이 현실에서 한 발짝, 또 한발 더 나아간 그 끝에 있는 것이다.

아무것도 쌓지 않은 손으로 찬란한 미래를 만들어낼 수 있는 것은 오직 일부의 사람들에게만 허용된 기적 같은 특권이다.

나는 일찍이, 예를 들어 '네'밖에 말하지 못하는 아이에게 자기 힘으로 서서 걸을 수 있다고 믿고 그것을 계속 요구해왔다. 마도카는 그걸 상냥하기만 할 뿐, 무르지 않은 것이라 말했다.

하지만 그 남자는 카에데에게 무엇을 주고 있는 걸까.

10년, 20년 앞의 카에데의 미래를 제대로 생각해주고 있는 걸까.

자신이 곁에서 사라졌을 때, 카에데의 미래를 어디까지 내다보고 있는 걸까.

자신의 힘으로 서지 않아도 돼. 그냥 그대로 있어도 된다며 무책임하게 응석만 받아주고 있을 뿐. 이 사회에서 살아가는 데 중요한 것을 쌓아 올릴 기회를 빼앗고 있는 것은 아닐까.

내가 상냥하기만 했다면 그 남자는 무르기만 할 뿐이다.

그건 너무 무책임하다.

나는 한 번의 큰 실수를 하고 말았다. 카에데의 마음을 이해한다는 명목으로 계속 괴롭게 해왔다.

무르고 달콤하기만 한 행복. 그것을 빼앗는다면 나는 원망을 받게 될 것이다. 그것을 받아들인 후 제대로 카에데를 마주하고 싶다. 지금까지 독선적인 짓을 하며 괴롭혀온 것에 대해 사과하고 싶다.

나에게 그 손을 잡을 기회를 한 번만 더 달라고.

반드시 카에데를 찾아내겠다.

그렇게 결정되자, 이 눈은 몇 시간 전으로 거슬러 올라가고 있었다.

손이 이끌린 채 계단을 뛰어 올라간 남자의 얼굴. 단 1초밖에 포착하지 못했고, 일상에서 봤다면 금방 기억에서 잊혀질 법한, 어디서나 볼 수 있는 얼굴이었다.

하지만 그 순간의 광경은 똑똑히 이 눈으로 기억하고 있다.

그렇다면 내가 할 일은 정해져 있었다.

유일한 취미이자 특기를 살려 그 얼굴을 그려내는 것이다.

카에데를 대대적으로 찾을 수는 없다. 하지만 그 남자라면 이야기는 달라진다.

카에데의 명예를 훼손시키지 않고 대중의 편에 서서 찾을 수 있다. 마도카를 의지하면 인터넷 세상에서 확산시키긴 쉬울 것이다.

과거에는 요구받아 그리기까지 했던 인물화.

상경한 뒤로 기회는 없었고 풍경화로 전향해 한 번도 그려오지 않았다.

이런 식으로 다시 사람을 그릴 기회를 얻게 된 것이 아이러니했다.

스케치북을 거실 테이블에 펼쳐놓고 바로 작업에 착수했다.

기억이 희미해지기 전까지, 시간과의 승부였다.

머릿속을 끄집어내.

특징을 정확히 잡아내.

분위기조차 형태로 만들어내서.

이 눈에 보이는 것은 이런 것이 아니었다며 한 장, 또 한 장. 종이를 찢어 버리면서 새로운 한 장을 계속 그려나갔다.

그리고 있는 것은 예술이 아니다.

과거 경찰의 인정까지 받았던 수사용 자료의 초상화다.

조금이라도 완성도를 높이는 것이야말로 카에데에게 이르는 길로 이어진다. 1밀리라도 더 가까워지고 싶다는 충동만이 나를 움직이게 했다.

어느 정도의 시간을 들였는지는 기억나지 않는다.

이후 의식을 되찾았을 때는, 독할 정도로 눈부신 붉은색이 천장을 물들이고 있었다.

언제 잠들었지?

멍한 머리는 곧 잠들기 전에 하던 작업을 떠올렸다. 펄쩍 뛰듯 소파에서 몸을 일으키고는 테이블로 눈을 돌렸다.

"아아……."

기억에 남지는 않았지만, 이 손은 확실히 그것을 완성해냈다.

카에데와 이어진 남자의 얼굴.

어제 본 그 얼굴이 그 얇은 종이 한 장에 그려져 있었다.

"잘 잤어? 모미지."

혼자 지내는 집에서 들려오는 기상 인사.

"유유자적한 자취 생활이라는 건 알지만, 경계심이 너무 없는 거 아냐?"

장난스러운 표정을 지으면서 마도카가 놀리듯 말했다.

"왜 마도카가……?"

고개를 갸우뚱거리다가 이내 어제의 행동을 떠올렸다.

카에데가 그대로 도망쳐서 결국 찾는 것을 포기하고 돌아온 길. 어쩔 수 없다는 걸 알고 있었음에도, 예전의 전화처럼 마도카에게 메시지를 보낸 것이다. 그걸 보고 걱정해서 달려온 것이겠지.

하룻밤에 걸쳐 어질러졌던 거실도 정리되어 있다. 아무래도 소파에서 잠든 나에게 담요를 덮어줬을 뿐만 아니라 청소까지 해준 것 같다.

정말이지 훌륭한 친구다.

그만 미소가 나와 감사의 말을 하려는데,

"일어나자마자 미안한데, 바로 나갈 준비 좀 해줘."

느닷없이 그런 말을 꺼내왔다.

그런 메시지를 보내서 걱정을 끼쳤을 것이다. 그러니까 흐름에 걸맞은 얘기가 있어야 하는데, 그런 마도카에게서 엉뚱한 발언이 나온 것이다.

"나가다니…… 어디로?"

당황하면서 그렇게 답할 수밖에 없었다.

마도카는 테이블에 다가서더니,

"이 사람을 불러낼 수 있는 곳."

하룻밤을 들여 그린 초상화에 손을 얹었다.

◆

지하철에서 JR. 그 딱 한 번의 환승, 30분도 안 되는 시간에 목적지가 있는 역에 도착했다.

귀가 러시와 겹쳐 혼잡해진 움직임은 어딘가 조급하다.

늘 생각한다. 그들은 도대체 무엇을 그렇게 서두르는 걸까? 마치 한 대만 놓치면 세상에 재앙이 찾아오기라도 하는 듯, 세계의 위기를 지켜야 한다는 사명감에 사로잡혀 있는 것 같았다.

우리의 발걸음은 그런 그들에 비해 어딘가 무거웠다.

이 앞에서 기다리는 것은 원했던 희망임과 동시에 힘들고 고통스러운 답도 주어진다.

이는 나뿐만이 아니다. 마도카 또한 똑같이 얻어야 하는 것이다.

"이 사람, 타마 씨야."

초상화를 가리키며 마도카는 말했다. 어렴풋이 입꼬리를 올리는 그 모습에서 무리하게 감정을 억누르고 있는 것이 보였다. 그런데도 허세를 부리며 정말 곤란하네, 하고 둘러대고 있다.

경악했다.

이런 우연이 정말 있는 걸까?

하지만……. 그렇게 다음으로 이어질 말을 찾고 있는데,

"마스터한테 약속은 잡아뒀어. 남은 건 불러달라고 하면 그걸로 끝. 자, 카에데를 보고 싶으면 빨리 준비해."

평소처럼 마도카는 씩씩하게 움직였다.

잠들어 있는 동안 모든 준비를 마친 것 같다. 나를 걱정하고 달려온 뒤, 그 초상화를 보고 모든 것을 알아차리고……

어떤 생각으로 나를 위해 움직여주었을까.

복잡하다는 말만으로는 정리할 수 없고, 정리하고 싶지도 않았다. 분명 괴로움과 고통으로 가득 찬 갈등이 있었을 테니까.

그녀의 말대로 준비를 서둘렀다. "그럼 갈까?" 하는 마도카의 말을 마지막으로 우리는 아무런 말도 주고받지 않았다.

왜냐하면 나는 지금부터, 오늘까지 쭉 마도카가 사랑해왔던 상대를 규탄할 것이다. 마도카가 준비해놓고 불러낸 자리에서.

집을 나설 때는 나란히 서 있었는데, 이렇게 목적했던 역에 내려서니 어느새 마도카 뒤를 걷고 있었다. 내키지 않는 마음이 겉으로 드러나기라도 하듯이.

개찰구를 빠져나와 두 개로 나뉘는 출구를 헤매지 않고 지나간 후,

"전에 말이야, 마스터가 그랬어."

마도카가 입을 열었다.

"카에데가 도망친 곳에서 행복해하면 어떻게 할 거냐, 라고. ……분명 전부 알고 있던 거겠지. 그래서 그런 식으로 충고한 것 같아."

목소리는 평소와 같았지만, 필사적으로 평정심을 유지하려는 것처럼 들렸다.

"아아, 믿고 상담한 건데 말이야. 나름 의지했는데, 그 사람 의도대로 이런저런 얘기를 다 흘려버렸으니……."

마도카는 어깨 너머로 돌아보고는,

"난 정말 사람 보는 눈이 없나봐."

곤란하다는 얼굴로 웃었다.

마음을 정리한 것이 아니다. 가슴에 깃든 비애를 눌러 죽인 것이다. 나는 괜찮다는 오기에서 생겨난, 나를 배려하는 마음인 것이다.

너무나 애처로운 미소였다.

치밀어 오르는 감정을 어떻게든 목구멍으로 억눌러 삼켰다.

"어쩔 수 없어. 세상에 완벽한 인간은 없으니까."

마도카 옆에 나란히 서서 그녀의 대화를 이었다.

속마음이야 어떻든 평소의 기세로 가고 싶다. 마도카가 그런 마음을 보여줬다면 설령 착각이라 해도 그 마음을 헛되이 하고 싶지 않았다.

"마도카가 등에 진 죄, 그 반동일지도 모르겠네."

"뭐야, 나는 귀여운 것만으로 벌을 받는다는 거야?"

"그래. 남자운을 빼앗아서 균형을 잡고 있는 거야, 신은."

"타마 씨는 몰라도 마스터는 여자인데?"

"분명 그 사람은 전에 남자였을걸. 성전환이라도 하지 않았을까?"

"만난 적도 없는 상대한테 잘도 그런 말을 하는구나."

"소중한 사람의 신뢰를 저버린 상대인걸. 본인을 앞에 두고도 말해줄 거야. 알고 있어, 넌 남자지? 라고 말이야."

뜻밖의 것을 본 사람처럼 마도카의 눈꺼풀이 깜빡였다. 당당하게 남을 나쁘게 말하는 그 선언이 나답지 않아 놀랐을 것이다.

농담으로 한 말이었는데 핵심을 찌르고 말았다.

그런 미래가 올 줄은 모르고 마도카는 웃음을 터뜨리고 있었다. 나 역시 그런 모습에 이끌리듯 웃고 말았다.

우리 사이에 끼어 있던 먹구름이 그것만으로도 걷힌 것 같았다.

"타마 씨가 했던 얘기 전해줬을 때, 기억나?"

"응."

잊을 리가 없다.

나와 카에데 사이에 있었던 문제점. 그 해결책. 그것을 마도카에게 가져다준 덕분에 어떻게든 고개를 들 수 있었던 것이다.

"그건 말이야, 타마 씨 본인의 경험이었던 거야."

"그렇다는 건…… 그 남자가 말하는 쪽이고, 카에데가 키보드를 두드리는 쪽이었다는 거야?"

"그래. 시작은 문 너머였던 것도, 알림이 멈추지 않았다는 것도 분명 정말 있었던 일이었다고 생각해."

마도카는 턱을 들었다.

"그렇게 소통하면서 먼저 한두 마디의 대답부터 하게 했다. 카에데의 손을 잡으면서 한 계단, 또 한 계단 올라가게 해줬겠지."

조금 먼 곳을 바라보는 그 눈은 그때의 광경을 떠올리는 듯했다.

마도카에게 깨달음을 얻었던 그 날, 카에데와 같은 처지에 있던 여자아이의 이야기를 듣게 되었다. 자기 의사를 입 밖으로 꺼내며 자연스럽게 말할 수 있게 되었다고 했다.

그것이 사실 카에데의 이야기였다면 5년 동안 나와 아빠는 얼마나 헛된 시간을 보내왔던 걸까. 들이밀어진 현실은 그것이다. 그 남자는 15년 동안 가족이었던 우리가 하지 못했던 일을 반년도 안 돼 해낸 거니까.

카에데의 가출을 받아준 그 남자는 틀림없이 한심스러운 어른일 것이다. 그렇다면 그런 어른과 비교해 우리 가족은 도대체 뭐라고 불러야 할까.

"모미지. 무슨 의미인지 알지?"

고요한 표정으로 마도카는 말했다.

"……응."

긍정하듯 나는 고개를 움직였다.

어제 시점에서 이미 알고 있던 것이다. 그게 명확한 형태를 이루고 지금 여기서 입증됐을 뿐.

카에데는 도망간 곳에서 행복을 누리고 있다.

그것은 단지 그 남자가 가출하기 편리한 존재였기 때문이 아니다.

우리 가족이 알아주지 못한 것을 올바르게 이해해 주었다.

우리 가족이 해주지 못한 일들을 쉽게 할 수 있게 해줬다.

카에데에게 그 남자의 집은 비바람을 피하는 정도의 장소가 아니었다. 행복한 장소가 된 것이다.

지금부터 그것을 빼앗는다. 그 결과 카에데에게 어떤 감정을 받게 될지도 잘 알고 있었다.

그 그림을 그리기로 했을 때부터 각오는 단단히 해둔 것이다.

"그럼, 남은 길은 하나뿐이네."

마도카는 미소를 지으며,

"나는 언제든지 모미지 편이야. 그것만은 꼭 기억해줘."

듬직한 말을 해주었다.

이번 이야기는 마도카에게도 날벼락 같은 이야기나 다름없다. 마음을 구분하는 일은 쉽게 할 수 있는 일이 아니다. 그런데도 자신이 서 있는 위치를 마도카는 확실하게 정해주었다.

사랑이 아니라 우정을 존중한 것이다.

"고마워, 마도카."

전폭적인 신뢰를 주는 아군이 자신에게는 있다.

그것만으로도 마음이 가벼워졌다.

마음을 따라가는 발걸음은 목적했던 장소를 앞에 두고 멈춰 섰다.

언뜻 보기엔 마치 손님을 거부하기라도 하듯, 안의 모습을 엿볼 수 있는 작은 창문조차 없다. 가게 앞의 불도 켜져 있지 않았다. 간판은 'CLOSED'라고 표시되어 있다.

마도카는 문에 손을 얹으며 나에게 고개를 돌렸다. 머뭇거리면서도 나는 말없이 고개를 끄덕였다.

심정은 마치 악의 본성에 발을 들이는 것 같았다. 하지만 우리를 영접한 것은 한눈에 봐도 알기 쉬운 악의 우두머리가 아니었다. 눈이 번쩍 뜨일 만한 묘령의 미녀였다.

카운터 건너편에서 우리를 기다리고 있던 그녀가 마도카가 존경해온 마스터라는 것을 알 수 있었다.

여유롭고 우아한 얼굴이 마도카에게로 향한다. 그대로 시선이 나에게로 넘어오며 얼굴에 미소가 떠올랐다.

영업시간 외의 손님을 향해 내민 것은 접객 인사가 아니라,

"타마를 불러주길 원하는 거지?"

모든 것을 알아차리고 나온, 우리의 용건에 대한 대답이었다.

후기

1권에서 약칭을 『자택 경비원』으로 했던 졸작. 인터넷으로 정보 등을 전하는 와중 재차 약칭이 『지타코요(이하 자택 경비원)』로 정해졌습니다. 히라가나 네 글자로 바뀌니 마치 훈훈함 넘치는 힐링 작품 같네요.

그런 따뜻한 것도 아니고 훈훈함과도 무관한 자택 경비원 3권을 손에 들어주신 여러분. 오랜만입니다, 후타가미 케이입니다.

웹 버전에서 온 독자분들은 이 3권을 읽고 어라? 하고 의아해하셨을지도 모르겠네요. 가미 시점이 아닌 모미지 시점이 먼저 진행되고, 낯선 캐릭터들이 이야기의 중심에서 움직이고 있습니다. 2권과는 다르게, 거의 새로 쓴 내용입니다.

웹소설은 속도감 중시. 웹판은 타마 일행 다섯 명의 주요 캐릭터만으로 이야기를 완결시켰습니다. 그렇게 대폭 방향을 바꿈으로써 당시 편입하지 못했던 요소를 담당한 것이 키리시마 남매와 무카이, 그리고 사사키였습니다.

타마에 관해서는 2권까지는 한심스러운 어른이 되어 버린 배경, 사회의 부정적인 면만을 써 왔습니다.

믿을 수 있는 어른과의 만남이 부족했던 것이야말로 어

린 시절 타마의 문제점. 좋은 방향으로 이끌어주는 어른들의 등을 따라가는 것은 지금부터라도 늦지 않다. 3권은 어른으로서 한심스럽다고 생각한 타마가 성장을 추구하는 이야기로 완성되었습니다.

한편 불편함 없이 자라오며 조금의 노력만으로도 성공을 거둬왔던 모미지. 여동생은 실종되고 아빠도 저 지경. 사회의 레일을 벗어나지 않고 성실하게 살아왔을 텐데 정말 중요한 것만은 잘 풀리지 않는다. 타마와는 반대되는 입장에 있는 캐릭터입니다.

그런 모미지 시점을 앞당긴 이유는 가미 시점이 타마의 과거, 안고 있는 폭탄. 그것을 폭발시키는 것은 모미지 시점 이후에 있어야 한다고 뒤늦게 생각했기 때문입니다.

웹판에서는 할 수 없었던 요소를 포함한 3권을 이렇게 다시 써서 책으로 세상에 내보낼 수 있었던 것은 지금껏 관여해 주신 여러분들 덕분입니다.

담당 편집자님. 1권, 2권에 이어서 원고 제출 기한을 계속 어겨서 죄송합니다. 1권은 7일, 2권은 2주, 3권은 1개월로 갈수록 점입가경. 다음에는 두 달이라는 기록을 경신하지 않도록 노력할 테니 앞으로도 잘 부탁드립니다.

일러스트레이터 휴가 아즈리 님. 그 피해를 가장 크게 보셨을 거라 생각됩니다. 그런데도 권수를 거듭할수록 퀼리티가 높아지는 일러스트. 매번 받을 때마다 감동하여 작품을 움직이게 하는 동기부여가 되고 있습니다. 불편을 끼쳐드린 사과와 함께 감사를 전합니다.

GCN문고님, 이게 나올 때쯤 맞이하셨을 레이블 창간 1주년 축하드립니다. 이 작품이 조금이라도 더 기여할 수 있도록 최선을 다할 테니 앞으로도 잘 부탁드립니다.

그리고 독자님. 여러분이 손에 들어주셨기에 나올 수 있었던 졸작입니다. 3권을 손에 들어주신 감사와 함께 다음 권에서도 인사드릴 수 있기를 바랍니다.

계속해서 자택 경비원을 잘 부탁드립니다.

Senpai, jitakukeibiin no koyo wa ikaga desuka? 3
©2022 by Futagami Kei, Hyuga Azuri
All rights reserved.
First published in Japan in 2022 by MICRO MAGAZINE, INC.
Korean translation rights reserved by Somy Media, Inc.

선배, 자택 경비원은 필요 없으신가요? 3

2023년 12월 15일 1판 1쇄 발행

저　　　자 후타가미 케이
일 러 스 트 휴가 아즈리
옮 긴 이 이소정
발 행 인 유재옥
이　　　사 조병권
출판본부장 박광운
편 집　1 팀 박광운
편 집　2 팀 정영길 조찬희 박치우 정지원
편 집　3 팀 오준영 이해빈 이소의
디자인랩팀 김보라 박민솔
디지털사업팀 박상섭 김지연 윤희진
라이츠사업팀 김정미 맹미영 이윤서
영업마케팅팀 최원석 박수진 박소연
물 류 팀 허석용 백철기
경영지원팀 최정연
인쇄제작처 ㈜코리아피엔피
발 행 처 ㈜소미미디어
등　　　록 제2015-000008호
주　　　소 서울시 마포구 토정로222, 403호 (신수동, 한국출판콘텐츠센터)
판매 및 마케팅 (070) 8822-2301

ISBN 979-11-384-8121-2
ISBN 979-11-384-7971-4 (세트)